La Ligne de Wickheim

Pélagie HANOTTE

La Ligne de Wickheim

roman

© 2022 Pélagie Hanotte

Édition : BoD – Books on Demand,
12/14 rond-point des Champs-Élysées, 75008 Paris
Impression : BoD - Books on Demand,
Norderstedt, Allemagne

ISBN : 978-2-322248308
Dépôt légal : Avril 2022

À la solitude des pères, *dans leur tour de devoirs.*

Il y a longtemps il avait essayé avec un chariot de supermarché, métallique, spacieux, solide. Des compagnons d'infortune qu'il croise parfois en ville accordent beaucoup de prix aux chariots de supermarché. Il faut dire que ces personnes se déplacent peu, et généralement sur des surfaces bitumées.

Mais dans son cas, un tel engin se révélait proprement impossible à manœuvrer. À chaque traverse ou presque il fallait soulever les roues. Puis les roues se bloquaient dans le ballast. Avancer de quelques mètres prenait un temps fou. Non qu'Amschel ressentit le besoin d'économiser son temps. Mais l'anticipation de la répétition, chtak-crouic-crouic, chtak-crouic-crouic, avait fini par lui peser sur les nerfs si lourdement qu'il avait dû renoncer. Il avait dégotté un chariot de courses abandonné justement près de l'abri des caddies. Tout léger et bien pratique. Il remplaçait avantageusement le chariot métallique. Toutes ses affaires y tenaient. Il y avait un gros trou dans le tissu au fond, voilà sans doute pourquoi il avait été

délaissé comme un déchet, pourtant avec un morceau de cabas judicieusement disposé, il était tout à fait apte à remplir sa fonction. Il fallait tirer plutôt que pousser, mais une main suffisait. Très avantageux.
Ces cartes, ces livres dans le chariot, ne sont plus utiles en vérité. Il connait par cœur chaque mot, chaque trait. Ce qu'ils représentent. De ce côté de la ligne de chemin de fer. Et plus loin, après le brouillard. Ces cartes et ces livres ne sont plus utiles pour ce qu'ils semblent être au plus grand nombre. Mais bien qu'il s'en défende, ils restent utiles à Amschel comme des grigris, des amulettes de protection. Chaque matin il se retient de vérifier que leur contenu n'a pas été altéré, ce qui compromettrait leur pouvoir de talismans.

Depuis des décennies qu'il parcourt cette section de la ligne de Wickheim, il a vu comment les choses ont changé autour. Il aurait pu modifier les cartes pour les actualiser, mais à quoi bon. Quand il avait commencé, des deux côtés de la ligne s'étendaient des champs, des prairies, des bois. Il les connaissait parfaitement. Ces terres appartenaient à l'exploitation où il venait de passer dix ans. Puis peu à peu, le village avait repoussé les plats verdoyants. Le bois dans lequel Amschel s'abritait après avoir quitté la ferme, avait laissé place à une zone commerciale dans laquelle il se cachait. Désormais, les parcelles non construites autour de la ligne sont seulement des terrains vagues. Une clôture métallique rigide de deux mètres de haut isole la voie de ce côté-ci du brouillard, sur toute la longueur qu'Amschel parcourt. Sauf derrière le garage Citroën, sur le parking, une camionnette a défoncé la clôture, c'est par là qu'Amschel rejoint la voie depuis qu'il ne peut plus escalader. Les buissons, les herbes folles, cachent partiellement la ligne. Parmi les nombreuses prières qu'Amschel adresse au Tout Puissant, l'une d'elles revient fréquemment, Dieu Tout Puissant, épargne la ligne, qu'ils ne la déposent pas, sinon, comment suivre le chemin, est-ce que Ton miracle se produirait encore ? Parfois Amschel imagine les infrastructures démontées et l'emprise ferroviaire convertie en piste cyclable, ce serait pire encore, la foudre s'abattrait sur tout le pays. La ligne est fermée au service des voyageurs depuis mille-neuf-cent-quarante-deux. Elle est fermée au service des marchandises depuis mille-neuf-cent-quarante-cinq. Des voyageurs. Des marchandises. Que pourrait-on transporter d'autre ? Pourtant, les rails perdurent, les traverses sont là. Peut-être qu'il s'inquiète sans raison, la ligne de Wickheim ne peut pas disparaître.

Au bout d'un moment, quand les gens qui avaient pu être retrouvés l'avaient été, et qu'il était devenu évident que ses parents ne feraient pas partie de ceux-là, il avait été accueilli à la ferme. Il avait cinq ans. Il ne se souvenait pas des premières années. Il se souvenait seulement des années de travail. Il ignorait que ses hôtes étaient rétribués pour s'occuper de lui. Et ce couple avait des enfants plus âgés que lui. Ils n'avaient pas besoin d'un autre fils. Logiquement, il travaillait donc autant qu'il le pouvait pour payer ce qu'il lui semblait leur devoir. Nourrir les bêtes. Les soigner. L'école, le matin seulement. Plus de temps passé avec les animaux qu'avec les gens. Les chats câlins et astucieux, les chiens, courageux et tellement confiants, les vaches, méditatives et fantasques, sans oublier toute la basse-cour papotière, bouffonne et colorée, c'était bon pour lui, surtout après qu'il eût compris ce que des gens pouvaient faire à d'autres. Les horreurs, la catastrophe, on n'en parlait pas, à la ferme, il y avait juste des murmures compassés, « pauvre petit », pendant les visites des voisins. Il avait compris en lisant les titres de journaux, en discutant avec les anciens du village qui n'auraient pour rien au monde négligé une occasion de discuter, fût-ce avec un marmot, d'ailleurs les anciens s'appliquaient à lui parler en français, de peur que le gosse ne les comprît pas s'ils s'oubliaient à parler la langue de leurs grands-pères à eux. La difficulté pour Amschel n'était pas de comprendre ces quelques mots devenus chuintants dans la bouche des patriarches. C'était de naviguer dans la confusion que leurs esprits faisaient naître entre cette guerre juste achevée et celle d'avant, ou celle d'avant encore. Dans leurs récits la frontière ne se trouvait jamais au même endroit, lui semblait-il. Maintenant, Amschel sait que la seule frontière, c'est le brouillard, mais bien sûr il l'ignorait à l'époque. D'après les vieux, les boches embrochaient les braves gens ou les gazaient, parfois ils rampaient, parfois ils survolaient le pays. Le vieux Fursy avait failli l'égarer complétement, le jour où il lui avait montré, en se cachant presque, un casque à pointe qu'il avait lui-même porté, et qu'il gardait enfermé dans un coffre de mariage, comme une relique ou un poison.

Mais à force de persévérance, le garçon avait fini par comprendre ce qu'il était probablement advenu de ses parents après que les militaires les avaient arrêtés. Ses parents n'aimaient pas beaucoup madame Lutz, qui était bien aimable avec les allemands. Cependant il y avait toujours quelque chose dans le magasin de madame Lutz, et sa mère l'y envoyait parfois. Ce jour-là, en entendant les cris, Amschel était sorti de la boutique avant même d'avoir donné à la commerçante le petit papier confié par sa mère, et madame Lutz avait bondi de derrière son comptoir après lui, elle l'avait fermement tenu et bâillonné de sa belle main blanche alors qu'il voyait ses parents tourner au coin de la rue, bousculés par les uniformes, jamais il n'aurait pu deviner avant ce jour-là que madame Lutz avait autant de force, elle sentait tellement bon. Après ça, pendant un moment, il était resté dans l'appartement au-dessus du magasin. Madame Lutz le câlinait et l'agaçait gentiment. Elle défaisait une mèche de son chignon et la posait sur le front d'Amschel, comparant le blond presque blanc de ses cheveux aux boucles couleur de miel clair du garçonnet. Si Dieu donnait un fils à Madame Lutz, de quelle couleur seraient les cheveux de l'enfant ? Son mari avait les cheveux bruns, on aurait cru un vrai moricaud, alors on ne pouvait pas savoir, n'est-ce pas ? Sinon, Madame Lutz lui avait fait répéter tous les jours des histoires formidables, des histoires qu'on n'imaginait pas arriver à un petit garçon ordinaire, au cas où des inconnus lui auraient posé des questions. Par exemple, une des histoires racontait comment il avait perdu ses parents à la gare, à Paris, alors que ses parents et lui devaient tous les trois prendre le train pour rejoindre un oncle à Nice. L'oncle, qui s'appelait Pierre, avait un restaurant très chic, avec un piano, et des serveurs qui remplissaient les verres sans qu'on leur demande – c'était le moment de l'histoire que madame Lutz préférait – et les parents d'Amschel, qui s'appelait Jean dans l'histoire, venaient l'aider tous les étés. Enfin, c'était le papa qui aidait, le petit garçon, lui, passait en général ses journées à la plage, avec sa maman – ça, c'était le moment de l'histoire qu'Amschel préférait. Finalement, après qu'il ait passé des moments délicieux à écouter madame Lutz raconter des histoires, ils avaient quitté Colmar : madame et monsieur Lutz l'avaient emmené en automobile à la campagne. C'était tout à fait extraordinaire, une automobile qui n'ait pas été réquisitionnée, sûrement madame Lutz était un ange. Le couple avait laissé Amschel chez un vieux monsieur que madame Lutz appelait « mon père ». Chaque fois que madame Lutz disait « mon père », monsieur Lutz, qui semblait très agacé par cette expédition, levait les yeux et soupirait. Ensuite, des mois plus tard, d'autres personnes encore avaient expliqué à Amschel que les méchants avaient perdu la guerre, et on l'avait emmené à la ferme. Pour s'occuper des bêtes.

À un moment, il apparut à Amschel qu'il avait suffisamment payé les fermiers, et qu'il pouvait partir. Il avait seize ans : un homme.

Il y avait dans les bois une petite cabane de chasseurs dans laquelle il s'était installé pendant quelques semaines. Il rendait des services au village, pour manger. L'objectif n'était cependant pas de rester. Le plan était de traverser la frontière. Amschel savait qu'il ne retrouverait pas ses parents, de l'autre côté. Mais à défaut, une trace, un message. Dans ses rêves les plus fous, comme l'image de ses parents s'estompait déjà dans son souvenir, il imaginait trouver une photographie. Par quel miracle aurait-il pu découvrir une photographie de ses parents là-bas ? Un miracle, justement. Des choses tellement extraordinaires s'étaient produites, pourquoi pas une chose extraordinaire qui soit bonne pour lui ?

Finalement, il avait préparé son sac, comme pour un voyage de quelques jours. Il avait suivi la voie désaffectée, le moyen le plus simple semblait-il de traverser la frontière. Rétrospectivement, ces préparatifs d'alors lui paraissent insensés. Il était parti un matin ensoleillé. La nappe de brouillard dense commençait à lécher les rails, huit ou neuf kilomètres après son point de départ. Il n'avait pas eu d'hésitation à pénétrer dans le brouillard, pourquoi en aurait-il eu ?

Ce premier jour, il n'avait pas compris la nature du miracle. Non qu'il ait été effrayé. Simplement, la

nuit, l'agitation, la tension ambiante, et surtout, le train qui avait failli l'écraser, l'avaient désorienté.
Contrairement à ce qu'il avait prévu, il avait donc rebroussé chemin très vite cette première fois.

Tous les jours depuis qu'il avait quitté la ferme, Amschel suivait la ligne de Wickheim. Dans un sens. Tôt le matin. Puis dans l'autre sens, le soir venu. Au début, il s'était promis de ne jamais passer une nuit de l'autre côté, dans cet endroit après le brouillard. C'était trop effrayant.
Après le brouillard, il y a d'abord deux kilomètres de rails, dans un paysage assez semblable à celui de l'autre côté, si ce n'est que les rails n'ont pas à craindre l'envahissement des ronces et des mauvaises herbes, tenues à distance. Et, bien sûr, aucun parking de centre commercial ni fast-food n'est apparu au cours de toutes ces années, le long du chemin. Puis, plus loin, sans qu'il ait jamais pu estimer cette distance apparemment fluctuante, se découvre un petit tas de baraques affectées à la maintenance de la ligne. Des ateliers, des garages. Cette partie de la ligne inquiète particulièrement Amschel, il la devine propice à la dissimulation d'individus dangereux, en uniforme ou en haillons. Lui-même, en conséquence, se cache : il a conscience qu'il pourrait, lui-même, dans ces conditions, dans ce lieu, être l'individu dangereux, la silhouette menaçante pour un autre qui l'observerait. Il lui semble toucher là une absurdité vertigineuse, un malentendu terrible, persistant, d'où pourraient suinter toutes sortes de violences, puisque nous ne sommes que des hommes.

Suivre la ligne, encore, pour se préparer à un danger plus manifeste. Ces six premiers bâtiments-là, après les premiers barbelés, sont ceux des uniformes : bien que la plupart soient occupés ordinairement, suppose Amschel, à des besognes innommables les éloignant de leurs quartiers, parfois il observe des groupes de quatre à six uniformes sortir des bâtiments d'un pas pressé. Parfois, ils rient. Avant d'entendre leurs exclamations enjouées, jamais Amschel n'aurait cru qu'un rire puisse le plonger dans un tel tumulte d'émotions, l'étonnement, l'incompréhension, la haine, le dégoût. C'est bien moins bouleversant d'imaginer que ces rires font partie de leur équipement, au même titre que les armes et le casque ou la casquette à tête de mort, aussi Amschel en est-il venu au fil des ans à considérer leurs rires occasionnels comme des éructations sans signification particulière.

Après les bâtiments des uniformes, à plusieurs centaines de mètres de la voie ferrée, les baraques sont partiellement soustraites au regard.

Après les bâtiments des uniformes…. une voie de service se sépare de la voie principale pour aboutir dans le camp. C'est là qu'il cesse de suivre la ligne. Peut-être, après, sur la ligne de Wickheim, un autre camp. Ou une autre nappe de brouillard, puis à nouveau le soleil et un autre siècle.

Saïd regarda fixement Hassan, avant de lâcher comme un cadeau :

« Je vais te dire, la vérité, j'ai pensé à un truc : Paméla Gemme.

— Quoi ?

— T'as plein de rockeurs qui ont un nom de meuf. Alice Cooper, Marylin Manson...

— La vie de ma mère, je prends pas un nom de gonzesse ! T'es un ouf, toi !

— Le nouveau millénaire arrive, mec, faut réfléchir autrement. Les Paméla c'est des bonnasses.

— Mais t'es pédé ou quoi ! Arrête de me mater ! Et gemme, c'est quoi ?

— Un gemme. g, e, m, m, e. Un genre de diamant quoi. Mais tu peux l'écrire g, e, m, c'est plus classe. »

À ce moment-là, la fille a dit : « On dit une gemme, abruti. »

Elle n'a pas eu le temps de dire ouf que la main manucurée de Saïd lui a démonté la tête. Elle avait une grosse trace rouge sur la figure. Hassan eut une légère nausée en constatant qu'elle se retenait de chialer, ça se voyait trop, pendant qu'elle ramassait son écharpe, ses lunettes, son sac, son bordel de gonzesse, cinq minutes au moins à chercher ses clefs qui avaient glissé entre les coussins du canapé, pendant qu'Antho et lui mataient son cul, en fermant leurs gueules, vu que Saïd avait pas l'air de vouloir reprendre la conversation. Après elle s'était barrée en claquant la porte.

Saïd avait pas l'air bien, il était rouge aussi. Hassan voulut le mettre à l'aise, t'avais pas le choix, frère, elle a trop manqué de respect, là. Mais il avait tout faux parce que Saïd a ajouté, si je la revois je la bousille cette tepu. Hassan a continué, tranquille :
« Faut un nom de bonhomme quand même.
— Travis ! a glapi Antho, qu'était sous perf de GTA à ce moment-là, comme sa meuf était chez sa mère.
— Travis Gem... je le vois pas trop, j'te jure.
— Ils rajoutent toujours une lettre au milieu, les Américains. Par exemple... Travis A. Gem.
— 'Tain, c'est bien pourrave.
— Ou un surnom.
— Ouais, Travis "Mytho" Gem", a rigolé Saïd.
— Travis "Gros dèbe" Gem, a rajouté Antho.
Hassan aurait bien fait mine de se tirer, pour qu'ils le supplient de rester parce que sans lui ils se faisaient chier grave, mais ça ferait trop comme la poule de Saïd qui venait de se barrer. Saïd a compris que si ça continue, Hassan va le prendre mal, il change de braquet :
« Tu peux mettre un truc stylé devant. The Travis Gem.
— Putain, on voit que t'as fait de l'anglais au collège, toi », s'est marré Hassan.
Ils regardèrent tous les deux Anthony. Il leur cassait les couilles régulièrement avec des histoires

en anglais, des histoires de bullet time et de freekill, il allait bien trouver quelque chose. Il ouvrit des yeux grands comme des plateaux.
« Je sais pas, tu voudrais dire quoi ?
— Je sais pas, donner un côté cool, tu vois.
— Cool, c'est pareil en anglais.
— Cool. Travis Cool Gem. Faut que je réfléchisse. C'est pas mal stylé. Le mec posé, mais classe. »

Hassan sait à quoi ça ressemble, avec cette histoire de baffe, mais la vérité, s'ils étaient posés là, c'était pour quelque chose de bien, pas pour taper la fille ou quoi. Saïd et Anthony, c'était comme des frères pour Hassan : ils se connaissaient depuis la maternelle. La petite classe avec les murs jaune pipi, à Charles Péguy, juste en bas de l'immeuble où habitaient leurs parents. Il n'y a personne à qui ils fassent plus confiance, ils sont toujours là pour s'aider. Ils s'aident. Saïd, il a ses affaires et les autres s'en occupent pas, mais des fois y'a des petits trucs, comme faire des bricoles sur sa voiture, ou faire les courses pour ses parents quand il n'a pas le temps de passer les voir. Antho c'est autre chose, le mec c'est un chat noir. Il a toujours des galères, même quand ils étaient gamins, c'était lui qui se faisait toper avec de l'herbe au collège, c'était lui qui plantait la caisse de son beau-père, dans des bleds paumés à quatre-vingt bornes de Paris. Maintenant qu'il fait le taxi, chaque fois qu'il leur dit qu'il va chercher des clients ils le charrient. Il habite avec sa copine maintenant. Il est assez tranquille pour l'argent même s'il râle qu'il ne pourra jamais se payer une licence, c'est vrai qu'il tourne beaucoup par rapport à ce qu'il gagne, mais sa femme aussi elle travaille, et comme elle travaille pour la mairie à moins de cogner un gosse elle ne risque pas de se faire lourder. Du coup ses grosses embrouilles à Antho, c'est après les matchs : il sait ce que Saïd et Hassan pensent de ses potes aux cheveux bien courts, là, Saïd lui a déjà dit, mec on respecte et tout, mais les mecs, ils ont vingt ans comme nous, mais dans leur tête c'est des enfants. On ne va pas se mentir, en fait c'est des gros connards de fachos, et ça tise, forcément que ça part en live leurs histoires, mais Anthony, son abonnement, il y tient comme à sa vie, et il a toujours des idées pour les banderoles.

À côté d'eux, c'est Hassan le plus posé. Jamais d'embrouilles. Il n'y a que sa mère et lui, depuis que sa sœur s'est mariée : il ne peut pas faire n'importe quoi. Des trois, c'est lui l'intello. Il n'a pas arrêté ses études pour taffer. Il est en BTS Communication. C'est plein de meufs. Les autres gars se pavanent, pas lui. Du coup, c'est le chouchou des profs. Sa mère, elle serait morte de honte s'il avait fait du business comme Saïd. Et puis, quand il est avec Saïd qui a une grande gueule, on ne dirait pas, mais il a la tchatche aussi : les profs, les vieilles… ils le kiffent. Même les keufs. S'ils sont sur le parking avec Saïd et des potes, si d'autres gars sont posés un peu plus loin, les keufs ils vont d'abord voir les autres gars. À chaque fois. Je ne dis pas qu'ils ne vont pas venir les voir après, mais ils auraient largement le temps d'esquiver s'ils voulaient, et c'est grâce à Hassan, c'est clair.

Pourtant cette fois-là c'est Hassan que Saïd et Anthony voulaient aider. Il a rien demandé, il a suffi qu'il parle. Une fois. Deux fois. Quand il leur en a parlé tous les jours pendant une semaine, ils n'ont plus fait genre, on relève pas. Peut-être qu'ils étaient juste saoulés, ils étaient prêts à tout pour que ça s'arrête.
Hassan ne l'a pas remarquée tout de suite à la rentrée parce qu'elle est en terminale. Mais ils se croisaient parfois dans les couloirs. Le jour où il l'a vue se recoiffer devant les casiers... ses cheveux étaient tellement longs, jusqu'à la taille, et blonds, on aurait dit qu'ils faisaient disparaître ses vêtements. Elle était habillée, et nue en même temps. Il n'y avait pas moyen qu'il lui parle, il s'est même dit, pourvu qu'elle ne me regarde pas tout de suite, je dois avoir l'air con. Elle a remis l'élastique dans ses cheveux et il est parti en cours. Trois heures après, il savait dans quelle classe elle était, qu'elle avait un mec mais pas dans le bahut, et où elle habitait. Aurélie.

C'est grâce à elle qu'il a compris qu'il n'était pas comme les autres gars : rien que pour ça, il ne peut pas en regarder une autre pareil. Saïd, Antho, les autres, ils voient une fille, ils sont intéressés, ils vont essayer de voir si la fille est intéressée, mais ils vont pas se prendre la tête, ils font d'autres trucs en même temps, leur régime, leur sport, une autre gonzesse. La vérité, c'est parce qu'ils sont sûrs de rien, jusqu'à ce que la meuf les débraguette. Mais lui... il a eu un pressentiment en la voyant. Comme s'il avait eu une sorte de don de voyance. Il a su que ça se passerait, dès qu'il l'a vue devant son casier, ce jour-là. Demain, dans deux mois, mais ça allait se passer. Une intime conviction, on dirait. Comme elle ne le regardait pas à ce moment-là, c'était clair qu'on n'était pas dans l'histoire du coup de foudre, le truc de fou entre la fille et le mec, ça dure trois jours et c'est fini. C'était autre chose. Hassan ne pensait pas que ça ait un nom. Il ne pensait pas que ce soit arrivé souvent avant, à d'autres personnes, ce qui s'était passé ce jour-là. Ça n'était pas arrivé assez souvent pour que ça ait un nom, en tout cas.

On savait que c'était des vrais potes, parce qu'ils ne l'avaient pas du tout chambré à propos de la fille. Hassan a quasiment deux ans de moins qu'eux, et il fait encore plus jeune, souvent on lui donne seize ou dix-sept ans. Anthony lui dit de faire de la muscu, avec Saïd ils parlent souvent de leurs exercices, franchement il ne se voit pas dans ce genre de trip. En plus, niveau filles, même s'il leur a sorti de gros bobards bien chiadés, bien documentés, il sait qu'ils savent où il en est, c'est-à-dire pas bien loin. Pas exactement le type lover. Mais ils se sont pas foutus de sa gueule ni rien, il leur a même fait la remarque, comme pour dire merci, parce que c'était cool.
« On te chambre pas parce qu'on sait que c'est sérieux pour toi, mec. On le sait même mieux que toi, a dit Saïd.
— Comment tu peux savoir, mieux que moi, si c'est sérieux pour moi ?
— Comment il appelle sa femme, Anthony ? Comment tu l'appelles, toi, sa femme ?

— Ben... il dit ma copine, ou ma femme, comment tu veux qu'il l'appelle ? On dit la meuf d'Antho, quoi.
— Et les dernières filles que t'as vues chez moi, comment je les appelais ?
— J'en sais rien... Celle qu'est à Nanterre, c'est Angie, non ? J'ai oublié ! Je crois pas que t'as fait les présentations.
— T'en sais rien parce que je les appelle pas. Et la femme d'Antho... Carine... quand elle est pas là, je dis la femme d'Anthony. Tu comprends ? Mais putain, la meuf dans ton lycée, t'arrêtes pas. Aurélie ceci, Aurélie cela. Je vais me souvenir du nom de cette fille plus longtemps que du nom de la conne que j'ai niquée tous les jours la semaine dernière. J'te jure, t'arrêtes pas. C'est un signe. Quand tes potes se souviennent du nom de la fille, c'est que t'es passé dans le grave. »

Aurélie.
Aurélie chante dans un groupe. Dans le groupe il y a son frère, un autre gars et la copine du gars. Un pote de son frère. Ils jouent dans des bars le week-end. Gratuitement, pour se faire connaître. Mais ils sont sur un plan. Une tournée cet été. L'autre chanteuse, elle ne pourra pas venir. Alors Aurélie a posé une annonce sur le tableau d'affichage du lycée, groupe pop/rock cherche chanteur/chanteuse. C'est une opportunité. C'est pour Hassan. Depuis il chante/danse, et ses potes voulaient l'aider à trouver, pour son nom d'artiste.

Les livres sont pleins d'informations sur les relations entre les hommes et les femmes, même si aucune histoire ou philosophie n'approche l'expérience particulière que vit Hassan.

Mais il y a des pistes, des indices, des explications. Pas des choses utiles tout de suite; mais plus tard, peut-être, ou autrement, alors il a commencé à collectionner des passages qui l'intéressent. Par exemple:

« C'est uniquement entre l'instant d'après l'étreinte, où l'on sent leur corps s'assouplir et s'échapper, et le lever du soleil, que les femmes tombent amoureuses ou non. Cela tient à une alchimie complexe et à un ordre naturel très ancien. La transformation fascine d'autant plus que la phase de conquête fut ingrate ou délicate. C'est pourquoi la tentation de la séquestration de la femme pendant cette transformation se présente, comme si elle permettait de dévoiler le mystère. Évidemment, il s'agirait parfois de constater que le miracle ne s'opère pas. L'étreinte, le lever de soleil, pourtant la désinvolture, le départ sans retour. Pourquoi ? C'est la part qui reste au mystère, à l'impondérable. Mais c'est pour le mieux. Éviter que ne survive l'avorton monstrueux, débile, d'une affection mal assurée. Autant le tuer dans l'œuf. Mais c'est l'exception. En général, au lever du soleil la femme est amoureuse. L'homme s'éprend, parfois, mais toujours c'est la femme qui est prise. L'homme s'éprend parfois, lorsqu'il se sent encouragé à regarder ce qui lui plaît; jusqu'à l'acmé du désir satisfait, au lever du soleil: puis il se déprend. De sorte que c'est ce premier lever de soleil après l'étreinte qui est la conjonction parfaite de leurs trajectoires amoureuses, à elle et à lui. »

C'est un livre tout petit, que la femme d'Anthony lui a filé. Il était dans un lot de livres donné à la bibliothèque de l'école, perdu au milieu des bandes dessinées et des histoires de princesses.
Évidemment, c'est pas le genre de bouquin qui convient à des mouflets de trois à sept ans, alors Carine l'a ramené chez elle. Hassan lui a demandé si elle l'avait lu. Elle a répondu qu'elle avait commencé, mais d'abord, il n'y a pas d'histoire, c'est juste un type qui donne son avis, ça saoule. Surtout quand tu bosses dans une école, les avis, c'est pas ce qui manque, tout le monde a un avis sur ce qui est le mieux pour les mouflets, on n'a pas idée, sous prétexte qu'on a tous été gamin un jour, les experts de l'enfance courent les rues. Les parents qui ont un avis sur ce que le personnel de l'école devrait faire. Un avis sur ce que les autres parents devraient faire à propos de leurs gosses, qui sont moins polis ou moins disciplinés que les leurs. Quand c'est leur gosse à eux qui crache sur ses camarades ou sur les adultes, ils ont un avis sur ce que les autres parents devraient faire pour que leurs gosses soient plus épanouis. Les instits qui ont un avis sur les parents, les élèves, les autres instits. Et tout ce monde passe son temps à partager des conseils. Alors deux cents pages du même tonneau sur les hommes et les femmes, non merci. Hassan lui a dit que certains conseillers pouvaient être plus avisés que d'autres. Elle a levé les épaules.

« De toute façon, le mec qui a écrit, personne le connaît.
— Mick « Darling » Wyverslayer, c'est marqué, veut aider ceux qui en ont besoin en leur offrant…
— C'est vraiment le gros pseudo bien relou. Si ça tombe le bouquin, c'est juste une commande d'un éditeur pour l'été, c'est trois étudiants en lettres qui l'ont torché en quinze jours.
— Je crois pas, non. Tu vois le vocabulaire, déjà... Et puis le gars, on sent qu'il a vécu des trucs.
— Si tu veux. Enfin, si ça te plaît, c'est cool. »
Il était un peu déçu qu'elle n'ait pas trouvé le bouquin intéressant, qu'ils ne puissent pas en discuter davantage. Après, en réfléchissant, il a cru comprendre : comment il réagirait, si quelqu'un qu'il connaissait trouvait un mode d'emploi qui décrirait ce qu'il avait dans la tête, comment on pouvait lui faire faire des trucs, ou qui expliquerait comment il réagirait dans telle ou telle situation ? Hassan hausserait les épaules, il lui dirait que c'est des conneries. Sans doute c'est ce qui se passait avec la femme d'Antho. Pourtant, il n'y avait pas que des trucs sur les femmes, il y avait des choses sur les hommes aussi, que les filles pourraient utiliser. Enfin, moins.

Après, sa source d'information principale.. ça restait Saïd. Saïd était un expert en meufs. Il avait une belle gueule, il était sapé, les filles étaient folles de lui, et il en profitait bien. Même quand il les traitait comme de la merde, elles revenaient. Il sélectionnait, c'est vrai. D'abord, il sortait qu'avec des blanches, il voulait pas d'histoire de famille ou de religion ou quoi que ce soit. Des fois les filles font genre elles s'en foutent, et puis t'as les frères qui viennent te voir, la fille te dit que ce serait bien que sa cousine vienne avec vous : on s'en sort pas. Que des étudiantes. Souvent, elles ont une piaule mais la famille est pas à côté. Elles ont pas de thune, elles sont pas sûres de réussir leurs examens ou d'avoir leur diplôme, du coup elles ont pas trop la confiance, elles cherchent une épaule solide, tout ça. Elles sont pas trop regardantes sur le confort, les attentions... souvent, elles ont pas trop de points de comparaison. Et puis, l'étudiante, elle est hyper dispo. Elle va pas te poser un lapin parce que la crèche a appelé pour qu'elle vienne chercher son gosse. Ou te dire que c'est pas possible ce jour-là, à cause du boulot ou de son mari. Sur place, c'est facile de choper aussi. Quand tu traînes souvent dans les allées du campus à Nanterre-U, c'est facile de la laisser croire que t'es étudiant. D'engager la conversation avec un groupe. En même temps, vu le temps qu'il a passé à slalomer entre les bâtiments, il aurait mérité sa carte d'étudiant, Saïd.

Hassan a demandé à Saïd si c'était pas plus difficile de choper des Françaises, avec le racisme, tout ça. Ça l'a bien fait marrer. Il faut dire que Saïd a vraiment une tronche d'arabe. Les yeux très noirs, on voit à peine la pupille, les cheveux et la barbe noirs, le teint mat. Et on le voit pas une seconde jouer à l'italien, ça passerait pas. Déjà à part pizza, il sait rien dire en italien.
« C'est plus facile de choper des Françaises quand t'es arabe, j'te jure.

— Pourquoi ?

— À cause du problème des plis... Les Français... mais les Américains c'est pareil... ils ont un problème avec les plis...

— Les plis ? Quels plis ?

— Les plis de la peau, quoi... Les rides, les plis du ventre quand t'as abusé des frites, tu vois quoi.

— Je comprends pas.

— Ils supportent pas les plis. Un genre de phobie. Du coup les grosses, les vieilles, ils en veulent pas.

— T'es en train de me dire que tu te tapes que des thons ou des grand-mères ? Celles que les Français veulent pas ?

— Mais non, t'es con ou quoi. À la limite je pourrais choper des veilles de quarante ans, souvent elles sont propres, mais c'est moins facile que les meufs de vingt ans. Non, ce que je veux dire, c'est qu'à cause de ça, leurs meufs elles supportent plus les plis non plus. À force d'entendre dire que c'est dégueulasse, tu vois.

— Et alors ?

— Et alors, entre une bite bleue blanc rouge plissée comme un sharpeï et ma bite à moi, elles préfèrent quoi, à ton avis ? »

Hassan a accusé le coup, parce qu'il a beau être super pote avec Saïd, l'entendre parler de sa teub, ça lui a fait bizarre. Généralement, les détails anatomiques, c'est à propos des gonzesses qu'ils en discutaient. Saïd, il est capable d'expliquer pendant un quart d'heure qu'il a lourdé un quasi top model, parce qu'elle avait un bouton sur la fesse la dernière fois, et que ça le dégoûtait. En même temps, Hassan avait pas envie de passer à côté d'une révélation, le

truc incroyable qu'on t'explique une fois dans ta vie, et encore, tout le monde est pas au courant, du coup il a enchaîné :
« Les juifs ils sont circoncis aussi.
— Et alors ?
— Alors ça fait de la concurrence.
— C'est pas l'impression que j'ai.
— Peut-être qu'ils essaient pas de choper des étudiantes alors.
— Peut-être. Ils ont peur qu'elles leur demandent de la thune, souvent elles sont fauchées.
— Mais ceux qui sont étudiants ? Les juifs qui sont étudiants, ils sortent pas avec des étudiantes, du coup ?
— J'en sais rien, moi. Peut-être des étudiantes juives, qui ont de la maille aussi, qu'est-ce que ça peut te foutre ? Elle est pas juive au moins, la gonzesse que tu veux choper ?
— Non... Elle a pas un prénom feuj, après, comment je peux être sûr ?
— Attends, ça se voit, non ?
— Tu te souviens du prof de maths en quatrième, Lopez ? C'est ma mère qui m'a dit qu'il était juif, j'avais rien remarqué.
— Lopez il est juif ? Putain, comment il cache bien son jeu le mec ! Franchement, on devrait avoir un moyen de savoir à qui on a affaire direct, tu crois pas ? Un signe, un truc qui prévienne !
— Ouais, j'imagine.
— Quand je pense que cet enfoiré a dit à mes parents qu'ils devaient me surveiller, que j'aurais jamais le bac ! Je me suis pris une engueulade par

mon père à cause d'un juif ! S'il avait su ça, jamais mon père il m'aurait engueulé comme ça.
— Arrête, ton père il t'a jamais engueulé. Il t'a même rien dit quand t'as loupé ton bac.
— Tu parles, il m'a écœuré des études, ce juif. Vérifie bien que ta fille, là, elle est pas juive, qu'elle fasse pas genre elle est française, et tu t'en rends compte après.
— Je m'en fous si elle est juive. Franchement, merci beaucoup pour tout ce que tu me dis, mais tu peux pas tout comparer non plus. Cette relation-là, comment dire, on est un peu au-dessus de ça, si tu vois ce que je veux dire.
— OK. Tu dis que de la merde, t'es pas dans ton état normal, c'est pas grave. Viens me voir quand t'auras un peu vécu, frère. »

Hassan a rien dit pendant cinq minutes, et après ils ont parlé de la nouvelle caisse qu'Antho voulait acheter, une Audi import direct de Monaco, qui avait l'air d'être une affaire.

I feared I was all on my own,
A saddened unpaired someone,
Only one of my kind, and here you are,
Here you come, smarty smiling Superstar...

Comme les mots s'insinuaient sous la porte de la salle de musique, Hassan eut peur de déranger la répétition en cours, pourtant l'affichette qu'avait scotchée Aurélie sur le distributeur de café invitait bien les candidats à se présenter, tous les jours de la semaine, à partir de dix-huit heures. Il luttait pour trouver un sens à ce qu'il entendait, sans être certain d'y parvenir, mais superstar, ça il comprenait sans aucun doute, et faire son entrée sur ces dernières paroles lui parut du meilleur effet.

Les filles avaient commencé à discuter dès les dernières notes jouées, et n'interrompirent pas leur conversation en le voyant, ce qui le contraria un peu. Seuls les deux garçons s'approchèrent, alors qu'il s'était figé à deux pas de la porte.
« Salut !
— Salut... c'est vous qui cherchez un chanteur ? »
Putain. Il y avait combien de groupes qui faisaient de la musique comme eux, dans ce bahut ? Ah ouais : un seul. C'était une bonne chose que les

filles soient garées de l'autre côté de l'estrade, finalement.

Le type blond, le frère d'Aurélie évidemment, sourit en hochant la tête. C'était difficile de savoir s'il se foutait de la gueule d'Hassan, ou s'il était juste cool, alors Hassan choisit d'ignorer la première option et essaya de se détendre, alors même qu'Aurélie à quelques mètres de lui se penchait pour déplacer ce qui lui sembla d'abord être un porte-vélo, le mouvement dévoilant quelques centimètres de peau que le tee-shirt ne couvrait plus bien sûr quand elle se penchait, elle posait sa guitare sur le truc, un porte-vélo, tu parles, quel couillon, il l'interpella avant que le frère ne lui réponde.

« Salut ! Un peu d'aide avec le porte-guitare ? »

Avec une synchronie parfaite, les deux filles se tournèrent pour le regarder. Aurélie rosissait à vue d'œil. Sa pote, une brune grande et maigre, répondit à Hassan comme s'ils poursuivaient une conversation commencée un peu plus tôt :

« Un porte-guitare ? T'appelles ça comme ça, toi ?
— Ben, ouais. Pas toi ?
— Ah c'est marrant. Ben non. Un stand. Un support quoi. T'es d'où ?
— Gennevilliers. »

Hassan sentit confusément qu'il fallait rajouter quelque chose.

« Mais les musiciens que je connais, ils sont belges, surtout. »

Le frère d'Aurélie s'était assis sur l'estrade, sans avoir l'air d'avoir fait attention à l'échange, et il se présenta sans hésitation :
« Moi c'est Sébastien, je joue de la basse, Aurélie est au chant et à la guitare. Olive est notre batteur, Juju chante aussi et elle s'est mise au clavier l'année dernière, ça le fait. T'es dans un groupe en ce moment ?
— Non, justement.
— On fait surtout du rock. Moitié reprises, moitié des trucs à nous, comme ce que tu viens d'entendre. C'est surtout moi qui travaille les compos, Aurélie et Juliette font les textes, parce que même si on se démerde tous en anglais, c'est elles qui ont les meilleures idées. Mais si tu as des textes on prend, parce qu'on chante surtout des trucs de gonzesses, du coup ! »
Il se marre. Hassan est quasiment en apnée.
« Enfin, te gêne pas pour amener des compos non plus, hein. Je serai pas vexé ni rien. Toi t'es plutôt sur quels genres de trucs ? »
Hassan, là, il était sur le genre, si on disait que tout ça n'est qu'une répétition, oublie ça, mec, je repasserai la semaine prochaine. Putain, putain. Il avait même pas pensé à se rencarder sur des chansons ou des groupes qui pourraient les épater un peu, un truc que les mecs comme ce Sébastien pourraient écouter ou chanter, il connaissait des noms de groupes de rock et des chansons, évidemment, les Rolling Stones et I want to break free, mais en gros quoi, laisse tomber. Il pouvait leur parler de rap, peut-être, si les mecs étaient pas trop dedans. Avant qu'elle se marie, quand elle

était encore à la maison, sa sœur écoutait soi-disant du rap, des tubes dégoulinants, hyper commerciaux, et Anthony lui avait fait écouter d'autres morceaux, des mecs énervés qui parlaient trop vite pour qu'on comprenne, en disant que le vrai rap, c'était ça. Dans les deux cas ça l'avait saoulé grave. Mais là, il avait pas d'autre lapin dans son chapeau.
« Plutôt sur du rap.
— T'écoutes quoi comme rap ?
— Comment ça ?
— T'écoutes qui ?
— King Kader. »
C'était pas mal. Ça sonnait pas mal du tout.
— Je connais pas. C'est belge ?
— Ouais. Carrément.
— Ok. Tu peux nous faire un truc, là ? Pour t'accompagner, je te cache pas que ça va être compliqué, on connaît pas du tout. Tu veux un tempo ou quoi ?
— Pour chanter ? Là ?
— Ben oui.
— Non mais y'a pas de souci, si tu connais pas on va partir sur autre chose, t'inquiète. »

Hassan se redressa. Hassan pensa à la dernière chanson qu'il avait entendue à la radio, pendant que sa mère faisait le ménage.
Et il laissa Travis Cool Gem donner une interprétation assez honorable des Lacs du Connemara, sous le regard stupéfait des quatre autres.

Ils allaient le rappeler. Olive lui avait demandé son numéro de téléphone et… il avait donné le bout de papier avec le numéro d'Hassan à Aurélie, qui l'avait fourré dans la poche arrière de son jean. C'était difficile de savoir ce qui l'excitait le plus. Penser qu'il y avait un ou deux millimètres d'épaisseur de tissu entre ce papier, qu'il avait tenu dans sa main, et la fesse charnue de son âme sœur. Ou penser au tropisme magique qui avait voulu que, à peine le numéro écrit, c'est vers elle que le courant irrépressible de l'amour infini avait emmené ce papier, aussi sûrement que les radeaux en cagette des mouflets s'échouent contre les grilles des stations d'épuration.

« Mais t'as chopé son numéro, à elle ? »
La femme d'Anthony allait et venait entre le salon où ils avaient dîné et la cuisine, elle débarrassait les assiettes, emmenait des plats, en rapportait d'autres. Depuis cinq minutes, Hassan baissait la voix quand elle s'approchait d'eux, parce que ça le gênait qu'elle entende ce qu'il racontait à propos d'Aurélie. Le problème, c'est que du coup, il ne pouvait pas s'empêcher de compter ses allers et retours, alors que Saïd, Antho et lui restaient le cul

sur leurs chaises, il pensait que sa mère l'engueulerait si elle le voyait.

Sa mère, à Hassan, elle les avait élevés seule, sa sœur aînée et lui. Leur père était reparti au bled, quand Hassan avait un an. Peut-être à cause de ça, peut-être pour faire rejaillir sur un objet qui fût véritablement indigne, le mépris qu'elle craignait d'inspirer en tant qu'épouse délaissée, elle s'était toute blindée d'hostilité envers le moindre soupçon de misogynie ou de condescendance sexiste. Elle renvoyait systématiquement, avec une constance inouïe, et parfois avec violence, les affronts qu'on lui faisait parce qu'elle était une femme ; c'était, dans tous les lieux ordinaires de sa vie, devoir considérer les autres avec circonspection, devoir alimenter en continu, comme une mitrailleuse lourde, le flux des ripostes, enfin se coucher sans savoir si on allait se relever. Bien sûr, il était possible que leur père fût parti, justement, parce qu'elle était déjà toute à sa guérilla féministe, bien avant qu'il ne la quitte. Il était également possible que ces deux choses, le départ de leur père et la passion de leur mère, n'aient absolument rien à voir. Quoi qu'il en soit, pendant des années, il n'y avait plus eu personne à la maison qui puisse agiter un drapeau blanc et réclamer une trêve. Elle ralliait ses enfants à sa cause, naturellement, jouant de leur répulsion viscérale pour l'injustice. Indiscrète et tenace, elle avait surveillé de près leur adolescence. Elle s'inquiétait du manque de pugnacité de l'aînée, sans comprendre que celle-ci était devenue aussi retorse que sa mère était révoltée. Et elle s'inquiétait pour son fils. Même s'il devenait le meilleur des hommes : qu'est-ce que c'était, le meilleur des hommes, quand on voyait ce que donnait la moyenne des hommes ? Depuis qu'il jetait un coup d'œil dans le miroir du couloir, avant de partir au lycée, elle avait inventé de lui demander, chaque matin : « alors, qu'est-ce que tu vois ? » quand il se regardait. Il haussait les épaules, répondait en souriant, « moi, maman... c'est bon, j'y vais ! », pendant qu'elle se tordait les mains, croyant fort que, tant qu'il ne répondrait pas « un homme », par boutade ou par hasard, elle pourrait l'empêcher de rejoindre le camp des minables et des malfaisants. Si proche de vaincre les oppresseurs, elle s'asservissait à sa propre superstition.

Le combat perpétuel de la mère avait impressionné les enfants au-delà de l'imaginable. La fille aînée, infirmière, mariée, loin, dans le sud de la France, avait digéré toute cette méfiance, refusé d'engloutir quelque énergie à lutter de front, avait développé depuis toute gamine des apparences de sagesse et de pudibonderie pour endormir l'ennemi. Il s'était agi de prétextes pour leur refuser, à ces hommes, la discussion, puis refuser sa couche, puis justifier qu'elle subvienne à ses besoins par ses propres moyens, comme la suite logique de ses études de jeune fille dévouée ; enfin, après avoir jeté son dévolu sur un, qui lui semblait moins menaçant que les autres, lui refuser un fils, et habiller leur petite fille comme un garçon, sous prétexte de faire plaisir au père. Elle jubilait secrètement de ses victoires, un peu dédaigneuse de sa mère, qui n'avait pas su y faire.

Un jour qu'elle était revenue présenter sa fille, la nouvelle grand'mère s'était extasiée, prédisant un avenir radieux au bébé, un futur médecin, forcément, chirurgien, pour le cœur, ou alors pour les yeux, on avait besoin de chirurgiens pour les yeux. Hassan, loin d'imaginer ce qu'il allait provoquer, avait émis des doutes. Franchement, il y en avait combien des chirurgiens qui s'appelaient Hind ? Puisque sa sœur lui faisait porter des salopettes décorées de camions, au bébé, peut-être qu'elle pouvait aussi l'appeler Jean ou Patrick, histoire d'augmenter les chances ? Pendant que sa sœur le dévisageait, un fin sourire sur les lèvres, sa mère, dans une rage folle, lui avait hurlé qu'elle ne tolérerait pas des propos pareils dans son propre appartement, que c'était elle-même, une femme, qui lavait son linge et lui faisait à manger, en plus de ses heures d'agent d'entretien à l'hôpital. Alors que lui, jusqu'à présent, il ne s'était pas montré capable de quoi que ce soit. C'était injuste, évidemment, puisque Hassan avait jusque-là scrupuleusement suivi les recommandations de sa mère: elle lui avait dit de travailler à l'école, d'être poli, de rentrer avant la nuit. Il avait été accepté au lycée, il pourrait passer son bac. Il n'avait jamais été question de tâches ménagères ou de cuisine. Mais sa mère décréta sur le champ qu'elle cesserait de cuisiner pour lui. Pour le linge, il n'était pas envisageable de laisser les vêtements sales s'accumuler dans l'appartement, il fallait qu'elle continuât de s'en occuper.

La première semaine, Hassan déjeuna chez des copains, dépensa le peu d'argent qu'il avait au KFC. Quand il rentrait à la maison, rien n'indiquait que sa mère avait mangé : pas de vaisselle sortie, pas d'emballages supplémentaires dans la poubelle, mais il n'y prêtait pas attention. La deuxième semaine, il pilla les placards, mangeant sans plaisir ce qui ne nécessitait pas de préparation, barres de céréales et biscuits surtout, des pois chiches en conserve, simplement égouttés et nappés de ketchup, un bocal de figues confites qu'il avait englouti sans y prendre garde, jusqu'à l'écœurement. En sa présence, sa mère ne posait toujours pas un pied dans la cuisine. Le premier jour de la troisième semaine, à peine levé, Hassan trouva sa mère, étourdie, étendue dans le couloir. Il hésita, les pompiers, ou le SAMU, puis finalement il trouva une ordonnance sur laquelle on avait griffonné le numéro de SOS médecins. Le médecin qui ausculta sa mère portait un costume et une barbe noire. Après avoir aidé la mère à regagner son lit, il l'interrogea, puis il revint engueuler Hassan, en lui disant qu'en l'absence de son père, il fallait qu'il surveille sa mère ; qu'elle devait manger correctement ; que les femmes ont parfois des lubies de régime ; ou, inconséquentes, elles s'absorbent dans leurs corvées ménagères au point de s'oublier ; sans omettre le péché d'orgueil, qui les poussent à se croire plus fortes qu'elles ne sont. Hassan l'écoutait à peine, avoir permis à un inconnu d'entrer dans la chambre de sa mère le bouleversait. Il aurait mille fois préféré que sa minuscule nièce soit déjà en mesure de la soigner.

Une fois le médecin parti, il s'excusa auprès de sa mère, jura qu'il ne doutait plus du bel avenir du bébé. Sa mère souriait, remerciant intérieurement le médecin, un jeune homme éduqué qui avait sans doute ramené son fils à des sentiments honorables. Si elle avait entendu la moitié de son sermon, au médecin, elle lui aurait craché à la gueule.

« Alors, t'as chopé son numéro ?
— De quoi ? Pour faire quoi ?
— Mais t'es con, tu l'appelles, tu l'invites au ciné ou au resto, normal quoi.
— Elle va me rappeler, obligé frère, t'aurais vu, elle me regardait comme un paquet de curly. »
Mais même la femme d'Anthony avait l'air d'être d'accord.
« Si elle est mignonne comme tu le dis, la fille, elle a de quoi faire un annuaire, avec les post-it que tous les chacals du coin lui ont filés. Tu l'appelles, toi.
— Hassan, je le crois pas, ce que tu me dis ! C'est toi qui chopes, non ? Appelle ! Un vrai bonhomme, il attend pas qu'on le siffle ! »
— Ben là, du coup, ça va être difficile… »

Bien sûr, c'était difficile. Mais il avait toujours semblé à Amschel que le plan était clair, pour pouvoir prétendre être un homme. Honorer les femmes. Protéger les enfants. Respecter les bêtes, privées du langage. Aimer tous ceux qui font de même. Mais à voir tous ces uniformes, absolument semblables à des hommes pourtant, occupés à tout autre chose, le doute le prenait parfois. Se pouvait-il qu'il se fût trompé ? Si non, étaient-ils nombreux, les autres, dans l'erreur ? Des dizaines et des dizaines, rien qu'ici !
Amschel se terrait dans un coin pendant des heures, le long des grilles, des barbelés. Aussi habilement qu'il se cachât, qu'il n'eût jamais été découvert tenait du miracle. Peut-être était-il invisible aux yeux des soldats. Mais comment s'en assurer sans prendre un risque terrifiant ?

Peut-être que personne, à l'intérieur du camp, n'était plus en mesure de voir ce qui restait à l'extérieur – *ceux qui restaient à l'extérieur*. Ni les soldats, ni les prisonniers. De s'être forcés à oublier ce fait : le camp était une tumeur, accrochée à un corps, cet extérieur malade, mais vivant. Un corps, encore entraîné par les habitudes prises du temps de sa pleine santé, à considérer avec horreur cette

tumeur. Pour tous, dans le camp, il fallait se forcer à l'oublier, ce corps vivant qui vous rejette, pour ne pas s'effondrer sous le poids de l'absurdité et de la monstruosité. L'oublier, pour les uniformes, ordre après ordre. Les ordres de plus en plus monstrueux *(surtout ne pas penser : un jour, j'ai dit aux enfants, d'être reconnaissants au porcelet de nous donner sa viande).* L'oublier, pour les prisonniers, jour après jour. Les jours de plus en plus absurdes *(surtout ne pas penser : un jour, j'ai reproché à Anna d'avoir abîmé en la lavant, ma chemise préférée).*
Comme ça, oublieux, le camp survivait. Contre toute attente, il gagnerait peu à peu une existence intrinsèque, détaché du corps qu'il révulsait. Il survivrait. Autarcique, isolé par l'enveloppe d'un étrange brouillard cotonneux, pour des années et des années absurdes et monstrueuses.

Pour cette raison peut-être Amschel demeurait invisible aux uniformes.
Lui, par contre… tentacule du corps vivant… cherchait le souvenir de sa mère ou de son père dans les visages livides qu'il entrevoyait. Il scrutait avec une attention douloureuse chaque mouvement, chaque détail, chaque planche de chaque bâtiment, chaque ornière de chaque chemin. Il déduisait des déplacements les éléments qui échappaient à l'observation directe. Ces milliers de rondes misérables, furtives, autour du camp, lui avaient permis de dresser une carte précise de l'endroit.

Certains jours, Amschel se demandait parfois si le diable lui-même n'avait pas créé le camp fantôme. Il se trompait, bien sûr, le diable n'est pas capable de si grandes entreprises. Il se lasse vite. Il lance seulement des petits cailloux du haut de la montagne, en espérant une grande catastrophe. Pendant qu'Amschel le voyait se dessiner derrière les grilles du camp, le diable séduisait une vendeuse un peu niaise dans un café. Je vous mets un bon de réduction. 10% sur votre première commande du mois prochain, n'importe quel jour du lundi au jeudi, entre 15h et 17h, sur présentation du bon de réduction et de la facturette de votre dernier plaisir gourmand savouré dans notre établissement, elle disait, la vendeuse. C'est parce que notre salon de café va changer de nom. Tout reste pareil et tout, hein, on change juste de nom. Café 2000, le nouveau nom, c'est marqué sur le bon de réduction, mais le service et les produits ne changent pas. On change seulement de nom, quoi, vous voyez. Le diable voyait bien, changer de nom, il faisait ça tout le temps. Quand la vendeuse lui a réclamé dix francs, le diable lui a proposé un billet de cent francs, pour elle, si elle acceptait de le servir aux frais de la maison, sans rien dire au patron. Voilà quel genre de créature il est devenu, le diable. Alors, maintenir tout ce drame de camp... il a peut-être cocufié un commandant, ruiné quelques gardiens... mais le camp ne tiendrait pas sur ses seules omoplates balafrées.

D'autres jours, alors qu'Amschel finissait par croire que tout cela n'était qu'un rêve, l'odeur se répandait dans le camp. Pour lui rappeler qu'il ne s'agissait pas d'un rêve. Les premières fois, il avait vomi. Quand enfin il s'y était habitué – comme on peut s'habituer à des choses qu'on pensait ne jamais pouvoir supporter ! –, une bourrasque avait amené sur lui une colonne de fumée écœurante. Aussitôt il avait rebroussé chemin. Finalement, il avait su définir, à peu près, combien de temps après l'arrivée d'un train l'odeur se répandait, de sorte qu'il disposait de ces heures pour se cuirasser l'esprit de tout ce qu'il pouvait saisir d'anodin ou de banal.

Tout était toujours identique dans le camp. Tout était routine. Puisque cela ne s'était pas déjà produit, au cours de toutes ces années, il semblait douteux qu'Amschel pût jamais y trouver quoi que ce fût qui l'apaisât, quoi que ce fût qu'il pût considérer et chérir comme l'ultime manifestation de ses parents. Sans doute Amschel l'avait compris, à mesure qu'il finissait par reconnaître que son cheminement quotidien sur la ligne de Wickheim devenait cet apaisement, ces aller-retours, le balancement journalier comme une berceuse qu'il se serait prodiguée à lui-même. Au-delà de l'apaisement – il luttait encore pour s'en convaincre, incertain des implications de cette croyance –, le cheminement était peut-être le signe qu'il espérait. Peut-être, nul autre que le fils de Judith et Hans n'aurait pu cheminer comme il le faisait chaque jour, se confronter au camp, et revenir.

Si tel est le cas, se dit Amschel, personne d'autre que lui ne découvrirait le camp de concentration en suivant la ligne de Wickheim. Que le camp existe encore, là, sans que le prodige soit connu de nul autre qu'Amschel, cela ne signifie-t-il pas qu'Amschel, seul, a été choisi pour le connaître ? Bien sûr, Amschel n'en avait pas parlé. Il n'avait pas voulu partager sa découverte. S'il en parlait, au mieux on le penserait fou, au pire, le camp serait aspiré dans un siphon de logique et de doute, disparu, et à quoi occuperait-il ses journées, alors ? De plus, exposer d'autres êtres au danger potentiel du camp, était une responsabilité inenvisageable. De peur de risquer une vie innocente, des décennies qu'Amschel avait renoncé à la compagnie d'un chien, un prétexte bien utile pourtant pour parler, un chien, pour parler si l'on n'attend pas de réponse, et pour se lever le matin, après que le chien vous ait réveillé, un jappement humide, les griffes impriment de petits dessins boueux sur la chemise, le sac de couchage, allez, debout. Mais, des maraudeurs, des curieux, des égarés susceptibles d'arpenter une voie de chemin de fer désaffectée, susceptibles de découvrir le camp, il y en avait d'autres dans le pays... Lorsque la nuit venue, abrité de cartons, de couvertures, Amschel réfléchissait au monde tel qu'il est, il se demandait si ses semblables gardaient eux aussi un secret personnel, ineffable, un fardeau comparable au sien. Chaque homme, chaque femme, au milieu des autres, aimable ou malfaisant, mais essentiellement menteur, dissimulateur, taiseux bon gré mal gré d'un mystère indicible, toute une portion de sa vie soustraite à la vue et à la compréhension des autres. En conséquence, une solitude fondamentale de chaque individu, même si parfois en de rares moments, un regard ou un mot en apparence anodin laissait émerger une connivence, mais le sort particulier auquel tel ou telle se soumettait ne serait naturellement jamais évoqué distinctement, restant toujours inconcevable, inaccessible à l'autre.

Dans ce cas, pensait Amschel, lorsque sa vie à lui serait finie, n'y aurait-il plus personne pour suivre les rails jusqu'aux baraques, pour chercher le souvenir des disparus parmi les silhouettes que le brouillard floutait ? Le camp s'évanouirait-il en même temps que lui ? Chaque personne qui mourait, emportait-elle dans la tombe, quoi, un camp, une ville, un monde ? Amschel plissait les paupières, au point de voir danser de petits arcs lumineux devant ses yeux, tout à l'effort de se remémorer des visages de son enfance, auxquels se mêlaient puis se superposaient les visages lugubres du camp.

À moins que cela n'ait rien à voir avec lui en particulier, et que l'esprit du lieu soit vraiment la raison de cette permanence du camp. Après tout, n'y avait-il pas l'empreinte d'une influence divine, de miracles continuels autour de ce village, de ces bois ? Il avait toujours paru à Amschel que tel était le cas. Peut-être, les circonstances extraordinaires de son arrivée dans la région, avaient impressionné si fortement son esprit d'enfant... que toute la contrée ne pouvait lui apparaître autrement que comme un pays magique, propre à faire éclore toutes sortes de phénomènes merveilleux. Sans doute, se disait-il, loin d'ici, dans les mêmes circonstances, il aurait également été enclin à deviner un prodige derrière les faits les plus banals...

Quand même, cet endroit n'était pas ordinaire. La gloire de Wickheim, ce n'était pas une bataille, un député ou un château. Non, la gloire de Wickheim surplombait la place centrale du bourg, solidement arrimée au sommet de la porte fortifiée du Haag. Lorsque l'on était sur la place, on pouvait deviner sa masse sombre à travers les embrasures de la galerie surplombant la porte. Les enfants, pleins de curiosité et de respect, allaient la visiter lors des sorties scolaires. Chaque année, Miss Haut-Rhin posait à côté pour les journalistes locaux. Les miss se succédaient, plus ou moins grandes, plus ou moins élancées, plus ou moins blondes, mais l'énorme pierre restait immuable. La gloire de Wickheim, c'était cette météorite, qui à travers les siècles, avait bizarrement survécu à l'oubli et aux dégradations. Quatre-cent trois kilos de silice et de fer. Un caillou gris, torturé, comme une énorme boule de papier froissée et calcinée, piquetée de points jaunes et rouges.
Le 3 février 1466, à l'heure de dire la none, un marchand ambulant dont le nom a été effacé des mémoires, faisait halte sur le sentier des haies menant au village, pour arranger son bagage. Comme tous ceux qui travaillaient dehors ou cheminaient à ce moment précis, il vit le ciel comme

déchiré par un éclair, puis sentit l'air s'adoucir comme si l'on eût été au temps des moissons ; un coup de tonnerre roulant, qui lui parut durer une éternité, se fit entendre. Enfin il y eut une sorte de canonnade, qui l'incita fort heureusement à se coucher ; quand il se releva, un peu étourdi, ce fut pour découvrir, à quelques centaines de mètres sur le chemin, un trou d'une toise de profondeur. Au fond du trou, fumait encore la météorite. Après que le marchand les ait guidés vers le cratère, les villageois de Wickheim, aidés de solides bœufs de trait, parvinrent à amener la pierre prodigieuse sur la place du village. Les vieilles crurent déceler dans les aspérités de la météorite le visage fripé d'un nouveau-né, et déclarèrent que c'était une manifestation de l'Enfant Jésus. Le curé, choqué, refusa absolument cette interprétation. Mais devant l'insistance de la foule, il admit du bout des lèvres reconnaître dans des stries, ici et là, les marques du peigne de la Vierge. Personne ne trouva saugrenu que la Vierge Marie s'amusât à peigner un rocher, et l'on admit être en présence d'un signe de la Mère de Dieu, ce qui était quand même quelque chose.

En avril de la même année, les bernois, venus au secours des gens de Mulhouse, pillèrent les villages des alentours, mettant à feu et à sang tout ce qui se trouvait sur leur route. Wickheim et les terres rattachées furent miraculeusement épargnées. En août, les moissons furent si abondantes que les greniers ne parvenaient point à tout contenir. On construisit en sept jours une halle couverte, de belle ampleur, pour abriter la manne. En septembre, l'évêque de Châlons, sur la route d'un pèlerinage, fit halte à Wickheim, contraint par une faiblesse soudaine de tout le corps qui l'empêchait de poursuivre son voyage. Ses gens logeaient et ripaillaient à l'auberge, le ministre de l'Église reçut moultes visites de notables. On apprit deux nuits plus tard que la maladie des bosses se répandait à Châlons. Non seulement l'évêque pesteux et son équipage ne contaminèrent personne, mais après avoir touché la météorite prodigieuse, l'évêque se rétablit vitement. Dès lors, l'intercession de la Vierge Marie fut certaine. Les habitants de Wickheim, sous prétexte de ne point susciter la jalousie de voisins ombrageux – à cette époque dans la région, de nombreux pèlerinages à la gloire de la Vierge s'étaient institués, apportant aux villes concernées pèlerins et deniers à profusion –, gardèrent une certaine discrétion quant à leur pierre miraculeuse. Vraisemblablement, ils avaient fait leur l'adage, "pour vivre heureux, vivons cachés..." Mais les malades dans le village n'en allaient pas moins se recueillir devant le caillou, comme les filles à marier et les petits enfants, avec, prétendait-on, un certain bonheur. Depuis, les récits de prodiges, miracles et mystères étaient accueillis sans ironie par les habitants ; si l'histoire manquait trop de grâce, on disait au conteur que l'année passerait vite ; ce qui lui laissait imaginer que sa prochaine fable serait plus appréciée. Jamais il n'y avait de gausserie. Comme ses habitants étaient accueillants, toute cette magie avait donc épousé le terroir, s'amalgamant à trente kilomètres carrés de champs de blé, de vergers et de toits pointus. Tout bien considéré, Wickheim se présentait comme l'endroit au monde le plus à même d'abriter la bizarrerie du camp fantôme.

Amschel ne se sentait pas faible, ni malade : c'était l'observation de son corps qui lui rappelait sa finitude. Le duvet blanchi sur ses avant-bras. Une flétrissure presque imperceptible de la peau. Les doigts qui se tordaient. Surtout, il ne sous-estimait pas le danger du voyage, sur la ligne de Wickheim, puisque tout y était possible. Il se prenait à composer l'épitaphe qui pourrait orner sa dernière demeure :
Ici j'ai juste passé,
gîtant sur l'ourlet du monde, au vrai...
Loin les hommes, les femmes,
leurs champs, leurs villes:
si sauvage mon âme
ne souffrait que l'exil.

Après sa mort, il retrouverait ceux qu'il aimait, la perspective de sa disparition du monde sensible ne l'effrayait pas. Mais quand même, laisser le camp, sans personne après lui pour continuer à l'arrimer, vaille que vaille, au reste du monde ? Amschel réfléchissait à ce qu'il convenait de faire. Puis il s'endormait, serein malgré tout. Si lui n'avait pas la réponse, Dieu savait.

Les semaines passaient et Aurélie ne l'avait pas rappelé, ni Sébastien ni Olive ni l'autre fille. Ils ne l'avaient pas contacté par un autre moyen non plus. Parfois Hassan voyait Aurélie dans les couloirs du lycée, et il luttait pour que son regard ne s'attarde pas trop, ne se prenne pas dans le filet de ses cheveux comme un gentil dauphin victime d'un thonier, vraiment, lui, victime de la pêche au thon, il imaginait comme Saïd se tiendrait les côtes en riant s'il avait un aperçu de ce qui passait dans sa tête. Peut-être, peut-être que s'il la regardait avec un peu d'insistance, elle verrait ce qu'elle avait fait de lui, elle verrait, un bébé phoque, doux et vulnérable, et qu'elle viendrait le cajoler. Heureusement, le visage de Saïd s'imprimait alors dans son esprit, et sa moue méprisante lui disait tout le mal qu'il y a à inspirer cette sorte de tendresse aux femmes.

Après le récit de son audition, Saïd et Anthony n'avaient plus abordé le sujet. Sans doute l'échec d'Hassan était trop évident pour que l'on puisse s'attendre à des développements : ils voulaient éviter de le peiner. Ou bien, puisqu'Hassan ne parlait plus de la fille, ils jugeaient que le dossier était clos. La femme d'Anthony, pourtant, avait deviné le soulagement que procurait à Hassan la mention même d'Aurélie, bien qu'il s'en défendît, comme si prononcer son nom rendait encore l'histoire réelle, et un dénouement conforme à ses espoirs possible.

Elle ne comprenait pas pourquoi Hassan n'allait pas voir la fille. D'autant plus que le prétexte était tout trouvé, avec cette histoire de chanteur qu'il avait élaborée. Mais Hassan trouvait des tas de raisons pour dire que, non, y'avait pas moyen. D'abord, il avait fait le premier pas, insister, ouais, autant se coller l'étiquette gros relou sur le front. Carine ne voyait pas de quel premier pas il parlait. Puis c'était les divagations sur les moyens de conquérir la fille, puisque le premier stratagème n'avait pas fonctionné. Carine remarquait qu'il n'avait pas épuisé tout ce qu'il pouvait de cette première rencontre. Alors il se lamentait : sans doute, et ce serait certainement aussi le cas s'il parvenait à créer d'autres occasions d'attirer l'attention d'Aurélie, foncièrement incapable qu'il était de susciter un véritable intérêt de sa part. Pourtant, cela devait arriver, n'est-ce pas, c'était tellement fort… Mais la relancer, c'était manquer de foi dans l'issue merveilleuse… et en plus, il passerait pour un gros relou. Pendant de longs moments, il radotait, se gonflait puis s'encellulait de raisonnements à peine formulés qui n'avaient pas d'autre fin que de démontrer son impuissance. En réalité, la femme d'Anthony considérait ces discours avec attendrissement. Il fallut qu'un jour, quand elle lui racontait avec gourmandise les états d'âme d'Hassan, Anthony lui reprochât de considérer ces discours pitoyables comme un divertissement, pour qu'elle prît conscience de sa cruauté. Elle s'agaça de cette révélation. Elle réagit vivement lorsque, quelques jours plus tard, Hassan trouva dans une réflexion qu'elle faisait sur la belle-mère d'Anthony – une pouffiasse ukrainienne achetée sur catalogue –, un encouragement à se lamenter sur son histoire d'amour avortée. Elle lui renvoya avec violence tous ces gémissements qu'il s'apprêtait à déverser. Putain, c'est vrai quoi, s'il continuait, lui aussi il allait finir par acheter de la viande russe ou malgache au kilo, il pouvait pas se bouger le cul un minimum ? Il pouvait pas au moins lui parler, à la fille ? La vérité, ça l'arrangeait de ne pas faire davantage d'efforts, après avoir fait quasiment rien : comme ça, si ça ne marchait pas, ce serait la faute de la fille. C'était bien un mec, tiens. Hassan ne protesta pas, accueillit le flot de récriminations comme une autre épreuve de la passion, pardonnant à la femme d'Anthony qui ignorait, la pauvre, la hauteur de l'enjeu. Face au silence du jeune homme, Carine se radoucit apparemment, et conclut avec un haussement d'épaules que, lorsqu'il verrait la fille, mariée, ou en cloque, ça lui passerait de toute façon. La pensée s'insinua dans l'esprit d'Hassan. Mesurait-il l'étendue des manœuvres, des manipulations, dont les autres étaient capables pour s'attacher la personne qui lui était destinée, à lui ? Aveuglé par la certitude du lien qui les unissait, il n'avait pas imaginé rencontrer qui que ce soit sur le chemin à parcourir pour rejoindre sa bien-aimée. Pas davantage imaginé la possibilité d'un concurrent sérieux que de parents hostiles. Même le petit ami lointain dont on lui avait parlé, il l'avait sorti de l'histoire. Il lui avait paru que tout ne dépendait que de lui, d'elle, et de la providence divine.

S'il s'était trompé – tout n'était pas qu'une question de temps, en fait –, ses atermoiements devenaient coupables, son hésitation criminelle. Comme la femme d'Anthony paraissait sur le point de clore le chapitre, Hassan sentait, au contraire, une impulsion nouvelle naître en lui. Il éprouvait à tel point un sentiment d'urgence, que les heures qui le séparaient de la prochaine journée de cours furent une torture. Il se figurait découvrir Aurélie, sous le porche du lycée, portant en écharpe un nouveau-né, faisant ses adieux à ses camarades.

Le lendemain, il se propulsa dans l'établissement dès que les grilles furent ouvertes. Soupçonneux de chaque condisciple que son inquiétude lui désignait comme un possible empêchement à son bonheur, il lançait des regards inquisiteurs, vers les filles ou les garçons pareillement. Il était venu suffisamment tôt pour ne pas courir le risque de manquer l'arrivée d'Aurélie, et quand il la vit enfin, il se dirigea vers elle avec empressement, soulagé de constater que la silhouette de la jeune femme n'avait pas changé, qu'elle ne portait pas d'autre fardeau que sa sacoche habituelle. Des mois avaient passé depuis sa fameuse audition : il s'émut brièvement de l'éventualité qu'elle ne le reconnaisse simplement pas, avant de la saluer.

« Salut ! Tu vas bien ?

— Oui, merci. Et toi ? »
Heureusement, elle lui avait retourné la question : ça faisait moins artificiel, comme ça.
« Bien, c'est bien... toujours dans le groupe ? La musique, tout ça ?
— Évidemment ! Et toi ?
— Oui, toujours, évidemment... vous cherchez toujours quelqu'un ?
— Non, une copine d'Olive chante avec nous maintenant.
— Ah. »
C'était comme un coup de poing dans le ventre. Voilà qu'il venait de se refuser, par son empressement, de son propre mouvement, la permission de croire que cette histoire de chanson allait le mener quelque part.
Il n'avait que l'amère consolation de sa clairvoyance toute neuve, cette compréhension, récente, que les autres se révéleraient, d'une façon ou d'une autre, des obstacles. Cette fille qui chantait s'était posée, là, sans qu'il la voie venir. Elle n'avait probablement pas eu à passer leur audition pourrie, sous prétexte qu'ils la connaissaient déjà, tiens. De toute façon, c'était que ça, copinage et passe-droits, putain, même pour pousser la chansonnette au lycée ! Peut-être qu'ils avaient déjà décidé de la prendre dans le groupe quand il était venu, la gueule enfarinée, leur servir la sérénade. Ils s'étaient foutu de sa gueule comme il fallait, quoi... oh, pas Aurélie, pas elle, mais les autres, sûrement. Alors il pensa à ce que Saïd lui dirait, s'il était là, nan mais t'es sur la fille en vrai,

où tu veux passer dans Graines de stars ? et il poursuivit sur sa lancée.

« C'est cool... ça te dérangerait que je passe vous écouter, de temps en temps ? C'est bon pour l'inspi, de voir ce que les autres font, tu vois. » Il avait pensé, ça te dérangerait que je passe t'écouter, te regarder, tous les soirs, tout le temps ? mais entre le mode Casper sur lequel il était depuis tout ce temps, et l'envahissement façon étreinte du boa, la marche était un peu haute.

« Pas de problème, viens quand tu veux, c'est cool.
— C'est cool. Cool. À bientôt alors.
— Ouais, à bientôt. »

Viens quand tu veux. Pas "tu peux venir si tu veux", non, "viens quand tu veux". Hassan se dit qu'elle avait tourné sa phrase de telle manière, qu'il s'agissait d'une déclaration à peine voilée. Viens quand tu veux. Mais après quelques minutes à ressasser la phrase, il se demanda s'il se souvenait correctement... n'était-ce pas plutôt "tu viens si tu veux" ? Doutait-elle qu'il puisse vouloir venir ? Lors du premier cours de la journée, il s'attacha à écrire leur conversation telle qu'elle s'était déroulée. Il butait sur cette phrase... Il était certain pour "viens" et "veux", mais les autres mots... Il passa le reste de la journée à se convaincre qu'il fallait laisser passer une semaine ou deux avant d'assister à une de leurs répétitions, histoire de pas passer pour un chacal.

Ils allaient répéter, ces jeunes, aujourd'hui comme les autres jours, ils pensaient qu'on arrivait à tout à force de travail. C'est peut-être vrai dans certains corps de métier. Mais les stars du spectacle, c'est-à-dire, ceux qui interprètent, ça n'est pas que ça, non : surtout, les saltimbanques les plus habiles, ils sont tous perchés comme des coucous – par un miracle de constitution personnelle ou d'apothicairerie ; c'est à cause de ça qu'ils peuvent vous gazouiller n'importe quoi, l'œil humide ou la main sur le colt, tout pareil. Les meilleurs captent l'essence d'une œuvre dans tout l'espace que lui a donné son créateur. C'est-à-dire, dans tous les recoins du texte, du scénario ou de la musique, mais parfois cet espace est beaucoup plus grand, l'espace d'une ruche, d'une rue, d'une chambre ou d'un continent. Ce prodige nécessite un esprit à la fois inquisiteur et pénétrable, comme celui façonné par la folie. Ils n'avaient pas pensé, Aurélie et les autres, à vérifier d'abord – et comment, d'ailleurs ? – si cette divagation particulière de l'esprit leur était accessible, ils travaillaient avec la confiance de la jeunesse, persuadée d'avoir le temps.

À 18h, Hassan était devant la salle de musique du lycée.

La berline a pilé devant le bahut et Hassan a ouvert la portière en faisant bien attention de ne toucher que la poignée, parce que les traces de doigts alors qu'il avait passé trois plombes à lustrer le polish, Anthony, ça risquait de l'agacer. Hassan n'était pas sûr d'avoir bien compris :
« Mais il est où ?
— À Évry, j't'ai dit !
— Il pouvait pas rentrer tout seul ? Comment il y est allé ?
— Ben il a pas dû y aller tout seul, qu'est-ce que tu veux que je te dise ! En tout cas il veut pas rentrer tout seul, voilà quoi !
— Mais qu'est-ce qu'il fout à Évry ? C'est un client qui l'a appelé ? Il est pas con à ce point !
— Je sais pas, je sais pas… Non, mais… Des fois je me demande… le mec qui se balade au Vélodrome avec un maillot de Simone, il doit avoir ses raisons aussi…
— Hein ? J'ai pas entendu parler de ce mec ?
— … et t'en entendras plus parler, y'a pas que des carcasses de vélos qui rouillent dans le vieux port… »
Hassan laissa Anthony ruminer sombrement sa petite mythologie personnelle, jusqu'à ce qu'ils

arrivent dans la cité où Saïd leur avait demandé de le récupérer.

Saïd était appuyé contre un mur, un peu à l'écart de la contre-allée où Antho arrêta la voiture, mais pas trop loin du café qui offrait un minimum d'animation, et, peut-être de sécurité. La vue de son visage tuméfié émut Hassan, et plus encore Anthony, qui avait eu le temps de se fabriquer son propre épisode de Julie Lescaut pendant le trajet.
« Putain, c'est une histoire de cul, encore ? » demanda Anthony. La voix basse et rapide, il s'énervait. « T'as tapé dans la gamelle d'un autre ? Ou bien c'est le frère que t'as pas vu venir ? J'te jure, Saïd : l'usine à pucelles produit pas assez vite pour toi, faut ralentir là ! Le mec il te plantait c'était pareil. Sur le mur on écrira, RIP, gros queutard !
— Vos gueules. C'est pas une histoire de chatte. »
Hassan et Anthony échangèrent un bref coup d'œil, en silence.
Une femme les observait, à quelques mètres de là. Elle se dirigea lentement vers Saïd, sous leurs regards incrédules. Un fin sourire sur les lèvres, elle demanda -à peu près sur le même ton que les vendeuses de boutiques trop chères, où ils s'égaraient parfois pour rigoler, lors de leurs virées à Paname :
« Je peux vous aider ?
— On se connaît ? » lança Saïd, dans une espèce de beuglement, que ses amis avaient appris à reconnaître comme annonciateur d'affolement ou de rage.

Hassan était pressé de voir s'éloigner l'inconnue : son sac à main était tout serré contre elle, sans que le jeune homme puisse juger avec certitude si elle craignait qu'on lui vole, ou si elle s'apprêtait à en sortir une arme, ou un paquet de chips. Elle ne ressemblait, ni aux mamas quand elles avaient parfois l'audace de s'intéresser aux fréquentations de leurs garçons, ni aux touristes qui venaient s'inventer des histoires dans le coin. Il lui adressa quelques mots lénifiants qu'il conclut avec un sourire cinq étoiles. La femme disparut, soulagée elle aussi, avec son sac à main et sa bizarrerie.

La bicrave et jamais de problème, ça n'existait pas. Si Saïd avait pas compris ça, pensa Hassan, il n'y avait rien que ses amis puissent faire pour lui.
« Bon, on fait quoi ?
— On se casse, qu'est-ce que tu veux faire ? Tu veux aller faire un bisou à quelqu'un avant de partir ? Vas-y, bourre !
— Mais il peut marcher Saïd ?
— Bien sûr qu'il peut marcher, cet abruti, ça lui dit juste pas de balocher tout seul dans le coin en ce moment, hein, c'est pas vrai, Saïd ? »
L'intéressé prit soin de regarder autour de lui avant de rejoindre la voiture.

« On t'emmène à l'hosto ?
— Non c'est rien laisse tomber.
— T'es amoché quand même. Y'a un point de suture à faire, là, j'dirais.
— C'est rien Hassan, fais pas chier j'te dis.
— Mais qu'est-ce qui s'est passé ? »

Anthony se retourna brutalement vers Hassan.
« On veut pas savoir ce qui s'est passé, Hassan, t'as compris ? Saïd, c'est un ami, si on peut on le laisse pas en galère, mais s'il a des problèmes de bizness ça s'arrête là. On cautionne pas. Voilà. C'est ça. On cautionne pas.

— ... mais, c'est pas la question de cautionner, mais si c'est un ami, t'as pas envie de savoir ?

— Ma femme est enceinte, tu crois que je veux donner quelle image à mon gamin ? Qu'est-ce que je vais lui dire quand il va me demander ce qu'il fait dans la vie, tonton Saïd ? Et « bande organisée », tu sais ce que ça veut dire ?

— Sur le Coran, Antho, jamais de la vie... commença Saïd.

— Mais arrête ! Jamais de la vie de quoi ? Et arrête de faire le croyant là, j'te jure, ça me tue ça ! »

À mesure que le ton montait, le pied d'Anthony se faisait plus lourd sur l'accélérateur. Les deux autres se turent jusqu'à ce que la berline reprenne une allure plus prudente. Finalement, Hassan brisa le silence.

« C'est super, c'est pour quand ? »

Une mauvaise idée qu'il avait eue, une connaissance d'une connaissance, qui s'était foutu de sa gueule quand il avait su à combien il touchait la came, et qui lui avait fait miroiter des conditions drôlement plus sympas pour un produit équivalent. Il lui avait grillé le cerveau en parlant marge et bénéfices, comme quoi il pourrait essayer la fourgue avec un tout petit peu de matos, discrètement, pas la peine de faire une révolution frère, et puis il monterait en puissance si ça le faisait, rentrer mou et durcir ensuite, tu vois, on parle biz comme des pros, on te prend pas pour un cave, on voit que t'as la bosse du commerce, t'es sapé comme Tapie. Alors Saïd était allé voir le mec dans son quartier, tranquille comme un toubib invité à la convention d'un labo pharmaceutique. Une heure après, des cousins de son vendeur habituel l'avait attrapé par le col pour lui expliquer deux trois trucs. Le boss l'aimait bien, parce qu'il savait démarcher les timps des quartiers rupins comme personne, mais fallait pas déconner non plus. Il croyait bosser en free-lance ou quoi ? Il s'était cru à Rungis, à comparer les étalages ? Saïd avait pensé leur expliquer qu'il n'avait jamais été question d'exclusivité, qu'il gérait pas un KFC, mais les baffes étaient tombées avant qu'il puisse l'ouvrir, c'était probablement mieux comme ça. En partant un des gars lui avait dit qu'il avait fait une erreur de jeunesse alors ils avaient été gentils, mais gaffe, tu vieillis à chaque minute meskin, tic-tac, tic-tac.

Un des problèmes de Saïd, c'était la nuance. Le monde s'organisait autour de lui. Lui, au centre. Ses potes, ses parents, ses sœurs, pour l'assister. Et le reste du monde, qui le faisait chier parfois, mais qu'il réussirait à niquer à la fin. Il n'avait jamais vraiment compris la différence entre les récriminations d'un monsieur Lopez ou celles des raclis qu'il levait dans les soirées étudiantes. La distinction, entre le risque d'être chopé par les schmitts, et le risque d'être chopé par le caïd. Tout ça se confondait pour lui dans un même abîme de chicanes passagères. Ébloui par le halo de son propre ego, il croyait survoler les quartiers, alors qu'il rampait juste sur leur plafond vitré, le plafond vitré des quartiers, vitré et pas blindé, étoilé d'impacts de balles, qu'il aurait pu remarquer s'il avait été moins plein de lui-même. L'autre problème, c'était le manque d'imagination. Quand il se pensait prêt à tout, il n'était en réalité prêt qu'à ce qu'il pouvait concevoir, ce qui était peu. Jamais la famille, les filles ou les ienclis ne l'avaient franchement contrarié. D'autres qu'on disait prêts à tout, il les jugeait à sa propre mesure, ignorant ce dont il s'agissait vraiment. Saïd n'avait simplement pas les moyens, non pas de ses ambitions, assez brumeuses, mais de son *lifestyle*. Est-ce que la chance sourit aux imbéciles ? C'est possible. Mais plus souvent, elle sourit à ceux qu'on sous-estime. Saïd, lui, travaillait avec opiniâtreté à se faire passer pour plus intelligent qu'il ne l'était. Un jour, même la chance allait en avoir ras les couilles.

La mère de Saïd l'avait rafistolé, dans le vacarme de ses lamentations, et les trois hommes s'étaient posés dans le terrain vague appelé pompeusement parc de la résidence, occupés à regarder les enfants jouer dans le sable sale, en tirant sur un bédo parce que ça aide à la cicatrisation.
« Tu vas l'appeler comment, ton fils ? s'intéressa Hassan.
— Je sais pas encore.
— Yanis c'est bien. Ma cousine a eu un fils il y a deux mois, ils l'ont appelé comme ça.

— C'est bien, c'est un nom arabe en plus, croyait savoir Saïd.

— C'est pas arabe frère, c'est grec. Yasin, ça c'est musulman. C'est presque pareil.

— Tu donnes pas un nom de sourate à ton fils c'est haram.

— Mais qui dit ça ?

— Des savants. Yanis c'est mieux.

— Mais pourquoi je donnerais un nom arabe à mon fils, vous êtes cons, interrompit Anthony. Ma femme elle aime bien Kévin. C'est breton, je crois.

— T'es breton ?

— Non. Mes grands-parents viennent de Château-Thierry.

— T'aurais dû attendre. Ton fils il serait né en l'an 2000, t'aurais pu l'appeler K2000.

— … ouais pour un minot c'est cool, mais quand il sera grand, ça fait un peu dèp. Quand tu deviens père, tu vois, tu penses au futur…

— Anthony, ton fils ça va être un prince. Il est dans une bonne famille, pas de la caillera ou des camés ou des cassos, t'as la maille pour lui payer un cartable, ta femme c'est une intello, c'est l'affaire de deux ou trois calottes quand il aura dix ans, et t'en fais un bourgeois.

— C'est clair, il viendra de temps en temps nous voir, beau gosse en costard, les petits crieront autour, vise la gamelle et tout, ça va être michto.

— Pt'être qu'il se débrouillera, au foot.

— Oui, y'a aussi ça. »

Le mois de juin faisait couler une douce lumière sur les murs du lycée, adoucissant même les arrêtes de béton rugueuses. C'était le mois préféré de la banlieue, à qui la nature concédait quelques cadeaux discrets, des feuillages gourmands et des floraisons inespérées. Des immeubles les plus hauts, on pouvait parfois voir miroiter Paris, Paris belle même quand elle est loin, sous le soleil, belle comme la peau d'un poisson, belle comme le son d'une forte cavalerie (Zyva, Zaco s'appellent ses chevaux).

« *Mon voyage de chaque jour, D'ici à tes bras aller-retour, Comme seul projet, Le même voyage le jour d'après.* » Hassan avait commencé à amasser des phrases, avec l'idée fixe de lui proposer, elle pourrait les utiliser dans ses chansons, des morceaux de son cœur qu'il lui cuisinerait, saignants, ou bien cuits, servis sur un plateau n'importe quand pour qu'elle en dispose à sa guise. L'attente n'était plus désagréable, puisqu'il la voyait souvent : Hassan s'était donc résigné à attendre, mais sans désespérer. L'exultation de l'amour, avec une certaine discipline que donne la résignation, l'avait rendu au fil des mois attentif à ce que faisait Aurélie : il croyait comprendre à la fin ce dont il s'agissait. Il s'était enhardi jusqu'à féliciter les musiciens, puis à commenter, puis à suggérer. Parfois même des mélodies lui venaient, qu'il enrageait de ne savoir écrire pour les lui offrir. Alors il avait essayé avec des mots. Il n'avait osé lui donner aucun de ses textes, soit qu'ils lui paraissaient trop prétentieux, soit, après qu'il eût tenté d'en extirper l'artifice, absolument mièvres. Il s'inquiétait même de ce qu'elle penserait de son écriture, s'il lui glissait quelques feuillets manuscrits. Cette vive intention qu'il avait, contrariée donc, transpirait de toute son allure, lorsqu'il assistait aux répétitions, lui faisant comme une auréole d'ardeur et de sérieux qui impressionnait les garçons du groupe. Ce jour-là, les artistes partageaient une excitation braillarde dont ils s'empressèrent de faire connaître la raison à Hassan. Seb était euphorique.

« On a un plan pour cet été ! L'oncle de Mattéo, tu sais le nouveau au centre socioculturel, son oncle gère un camping municipal et il recherche un groupe pour faire de l'animation ! Nourris, logés, blanchis, et le smic horaire ! On a envoyé une vidéo ça le fait ! Dix semaines sûr !
— De l'animation ?
— Un thé dansant le mardi de 15h à 18h et la soirée du camping le vendredi, de 20h jusqu'au bout de la nuit ! Minuit, en fait, après il pourrait avoir des problèmes. Bon pour le thé dansant il va falloir qu'on s'adapte un peu. T'as peut-être des idées de répertoire toi, pour le thé dansant ?
— Ah non, enfin je peux chercher…

— Non, laisse tomber, je sais pas pourquoi j'ai dit ça.
— C'est génial. Et c'est où ?
— Un bled dans le Haut-Rhin. Dans l'Est, quoi. Et donc, géographiquement, ça nous amène logiquement à… ?
— … Moscou ?
— Berlin !
— C'est sûr, si t'es pas à six cents bornes près…
— Berlin, c'est *the place to be*. Dès qu'on a fini au camping, on enchaîne, direction Berlin, on aura la thune pour tenir, le temps de trouver une salle là-bas. Parfois, les étoiles s'alignent… Je suis pas du genre à voir des signes partout ou quoi, mais là, faudrait vraiment être aveugle pour louper l'opportunité.
— Pt'être même sept cents bornes, en fait, faut voir où c'est exactement…
— On s'en fout, j'ai l'Espace de mes vieux. On peut dormir dedans si on rabat les sièges.
— Mais du coup, pour la rentrée prochaine ?
— On s'en fout de la rentrée. Faut suivre ses rêves, gars. Non. Faut les devancer. Personne va venir nous chercher, nous. Regarde autour de toi. Personne ne viendra ici pour demander ce qu'on sait faire, ce qu'on a à offrir. Les études, on va apprendre la même chose que cinq mille ou dix mille autres mecs, on sera ni meilleur, ni pire que ces autres mecs, et puis après, quoi ? Mais ce qu'on a avec le groupe, c'est unique, c'est ça qu'il faut faire.
— Vous y allez… tous ? Tout le groupe ?

— Ben oui. Personne n'a envie de louper ça. Dans un gros mois, juste après le bac : on décolle. »

Carine l'écoutait, tout en déballant les bodys minuscules que sa mère lui avait ramenés de sa dernière virée chez Tati. Hassan avait l'impression qu'elle pourrait habiller des sextuplés avec ce qu'elle sortait des sacs, mais apparemment, tout était destiné au seul mouflet qu'on ne devinait même pas encore sous la blouse. Forcément, c'était le premier petit-fils, la future grand-mère était prise d'une fièvre acheteuse. Ce serait différent pour le suivant évidemment, mais après tout, il fallait bien que le premier bébé à essuyer une pluie de guiliguilis et de léchages de joues trouvât quelque compensation dans l'abondance de biens choisis exprès pour lui : les cadets, les cousins auraient une paix relative et des pyjamas de seconde main. Depuis qu'elle était enceinte, Carine faisait feu de tout bois : elle faisait des mines à sa belle-mère, dans l'espoir que celle-ci enseignerait le russe à son rejeton. Le patron de l'auto-école laissait son gamin au centre de loisirs le mercredi. Depuis quelques semaines, le garçonnet avait droit à une barre de chocolat supplémentaire au goûter, qui sait, ça aiderait peut-être pour l'inscription à la conduite accompagnée, dans quelques années. Depuis la nouvelle de sa paternité à venir, Anthony, lui, semblait distant, comme une vigie absorbée dans la contemplation d'un horizon que lui seul discernait. Il redescendait parfois de ses hauteurs, pour rabrouer Saïd quand celui-ci évoquait, un peu trop explicitement à son goût, ses affaires, ou pour proposer à Hassan un coup de main dans ses rapports avec ses voisins. Il y avait eu un incident fâcheux avec le couple de l'étage au dessus : des vrais porcs, qui balançaient leurs sacs poubelle depuis leur fenêtre. La mère d'Hassan avait découvert sur son balcon un sac de détritus éventré. Les voisins n'avaient pas ouvert leur porte lorsqu'elle était montée pour se plaindre, et les tentatives d'Hassan n'avaient rien donné non plus. Antho avait proposé d'aider. Il avait tambouriné à leur porte, à sept heures du matin, en gueulant « Police ! » et le vieux type avait ouvert, mais peut-être que c'était un coup de bol, peut-être que ce matin-là le type avait décidé de sortir le Staff plutôt que de le laisser chier sur le balcon, qui sait, en tout cas contre toute attente il a ouvert quand Anthony a gueulé « Police ! » Antho a commencé son speech, hyper responsable, bonjour monsieur, hygiène et respect et tout, en plus il était sapé pour une course, il avait une chemise et pas son jogging, et là le gars a vraiment cru que c'était juste un papa de l'école qui venait lui faire la leçon, il s'est pas rendu compte que le vernis venait d'être appliqué : il a dit à Antho, ce petit pédé, d'aller se faire foutre. Quand Anthony a eu fini, le type était conscient mais il pouvait plus parler, sa meuf était complétement hystérique, elle hurlait qu'elle allait appeler les flics en secouant le téléphone dans sa main, c'était grillé qu'appeler les flics, c'était la dernière chose qu'elle ferait. C'est le chien surtout qui faisait peur à Hassan, mais le clebs les avait pas calculés lui et Antho, sans doute qu'il se disait que son maître valait pas le coup de risquer un saut de l'ange depuis le balcon. Hassan et Anthony sont redescendus vite quand même, au cas où quelqu'un d'autre aurait appelé les flics, mais il ne s'est rien passé. Anthony était un peu énervé, il disait des choses comme quoi c'était pas sa faute si le dialogue avait été rompu, et Hassan lui confirmait que parfois ça tient à pas grand'chose et on n'y peut rien, il aurait suffi que le gars ait une veste du PSG et si ça tombe ils seraient devenus potes. En tout cas, Hassan et Saïd faisaient vachement gaffe à ce qu'ils racontaient à Anthony ces derniers temps, depuis qu'il était devenu un parangon du zen et de l'ordre.

Après l'incident avec le type, Hassan s'était demandé, quand même, jusqu'où ça pouvait descendre dans la crasse, toute cette humanité. Il avait cru que le théâtre de ses congénères s'assemblait comme sur une échelle, au ras du sol pas de thune, pas de culture et pas de dignité, et tout en haut de l'échelle, juste en dessous de l'Olympe, on fumait des cigares cubains, on dissertait courtoisement sur la beauté du monde, entre deux caresses à Schopenhauer, le shih tzu de la maison. C'est qu'on lui avait parlé de l'ascenseur social évidemment, et Hassan avait tout gobé, avec la ligne et l'hameçon. Mais plus ça allait, et plus il avait l'intuition qu'il y avait autre chose. Chez Hassan par exemple, ça sentait le pauvre, les produits ménagers et les épices du couscous, il suffisait que la cousine de sa mère vienne leur rendre visite, elle qui parlait à peine français, et il avait l'impression d'être dans un reportage sensationnaliste, un cliché, et aussi quand ses potes venaient parfois, même Anthony qui était le meilleur des gars, avec ses tatouages du PSG et ses jeux, il lui faisait un peu honte quand il confondait certains mots, jamais il n'aurait pu, par exemple, inviter Aurélie chez lui à ces moments-là… Pourtant il était certain que ce qu'il avait vu chez son voisin à l'étage, la violence et la veulerie avant que le type se fasse chiffonner proprement, c'était quelque chose de plus honteux que sa misère à lui, une bassesse qui n'avait rien à voir avec des histoires d'ascenseur ou de langage, d'ailleurs, c'est pas dans la Playstation des gosses ou les bidons d'huile Aïcha qu'Antho l'avait envoyé valdinguer, le gars, mais dans une télé énorme et une collection proprette de DVD les classiques du cinéma, classés par ordre alphabétique.

Hassan posa sur la table de la cuisine une peluche que sa mère avait gagnée à la tombola du Secours Catholique, au marché de noël. Saïd l'avait persuadé qu'un bon musulman n'achèterait pas des tickets au Secours Catholique, et ça avait un peu emmerdé Hassan quand sa mère avait ramené le nounours géant, du coup il était ravi de l'offrir au futur bébé d'Anthony, hop, retour à l'envoyeur.
« Ils vont tous partir en Alsace, peut-être qu'ils reviendront pas.
— Et qu'est-ce qu'elle en dit, la fille ? Aurélie ?
— Elle suit son frère, j'imagine. C'est son idée à lui.
— Elle suit son frère ? C'est vraiment juste une gamine. Faut arrêter de juste suivre les idées des mecs, à un moment.

— C'est son frère, elle l'aime, elle le soutient, elle le suit, normal !

— Non mais, ça n'a rien à voir avec l'amour. Moi j'aime Anthony, par exemple, je le suis pas dans toutes ses conneries !

— Mais à quoi ça sert d'être avec quelqu'un si tu le suis pas dans ses projets et tout ? Même les trucs un peu fous ?

— Il y a une différence entre les trucs fous des mecs, genre je vais parier la voiture au poker et je vais gagner une villa, et les trucs fous des meufs, genre je vais changer de coiffeur. Anthony, je suis avec lui, parce que c'est un gars qui écoute ce que je lui dis. On n'est pas toujours d'accord, mais le plus souvent, il sait que j'ai raison. Et c'est comme ça que ça doit marcher. Les femmes sont faites pour réfléchir et prendre les décisions, les hommes pour… explorer et exécuter, c'est le fonctionnement naturel des choses.

— Mais qu'est-ce qui te fait dire un truc pareil ? Et tes discours sur l'égalité des sexes, alors ?

— Mais ça n'a rien à voir. Les hommes et les femmes sont égaux, mais pas identiques. Pour prévoir, planifier, organiser, la famille... la société… bah, tout en fait… les femmes sont meilleures. C'est la nature qui veut ça. C'est pour ça que les meufs vivent plus longtemps, c'est mieux quand la personne qui décide peut accumuler de l'expérience. C'est aussi pour ça que c'est les meufs qui tombent enceintes et pas les mecs. Si c'étaient les gars qu'étaient en cloque, le bébé, faudrait qu'il se débrouille pour monter sa commode Ikea tout seul, en arrivant il aurait juste les cartons posés

dans sa chambre. Si les hommes sont plus costauds, physiquement, tu vois, c'est parce qu'ils doivent être davantage dans l'exécution. »
Hassan pensait aux biceps qu'il n'avait jamais réussi à faire pousser, et se demandait si elle n'était pas en train de se payer sa tête, mais alors, royal... mais il décida d'enchaîner quand même.
« C'est plutôt que les femmes sont plus faibles, non ? C'est le maillon faible de l'espèce, les femmes, c'est tout.
— Non. Il n'y a pas de maillon faible qui dure aussi longtemps dans la nature. Dans la nature, le maillon faible, il fait pas long feu généralement. Les femmes, physiquement, c'est le standard de l'espèce, et les hommes ont un petit avantage physique, histoire que ce soit plus facile pour construire la hutte ou le pont ou faire avancer le bateau ou je sais pas quoi, enfin, tu vois... Genre, les meufs, c'est un hamb et des frites, normal quoi, et puis les mecs c'est la version maxi, avec le rab de frites.
— Mouais. Sinon on pourrait aussi se dire que si les gars sont plus balèzes que les meufs, c'est pour être sûr que c'est leurs décisions à eux qui sont appliquées, et que les meufs, elles ont qu'à fermer leur bouche.
— À ce moment-là, s'il n'y a que la loi du plus fort, c'est qu'on part sur le principe que toute l'espèce humaine est complètement conne, entre l'huître et la buse... D'ailleurs, laisse des mecs s'occuper d'un truc un peu tendu, s'il y a pas une gonzesse pour calmer le jeu, neuf fois sur dix ça finit en embrouille, justement. C'est pas un signe ?

— Ouais…

— Putain, mais c'est tellement évident ! Je comprends pas que ce soit pas clair pour tout le monde ! Franchement, t'as déjà réfléchi, à cette histoire de retour d'âge ? »

Le jeune homme resta parfaitement immobile et muet, comme si l'incongruité de cette dernière question pouvait s'évaporer pour peu qu'il l'ignorât. Peut-être que c'était parce qu'elle était enceinte, qu'elle débloquait à fond.

« Mais si, tu vois de quoi je parle quand même, avec ta mère et ta sœur… quand les femmes peuvent plus avoir d'enfant… la ménoche, quoi… ça te semble pas bizarre que les chiennes et les juments aient des petits quasi jusqu'à la fin, alors que les meufs, à la fin on a trente ans de vie en free style, sans se prendre la tête avec un chiard, sans se prendre la tête avec un bonhomme si on a un peu de jugeote ? C'est pourquoi, à ton avis ?

— Je sais pas… c'est juste la vieillesse.

— Mais t'écoutes rien ! Bien sûr que non, c'est pas la vieillesse ! Tu lis pas les magazines ? Des acteurs du temps de mon grand-père qui vont encore chiner, tranquille, en club ? T'as des tas de vieux, des hommes, qui font des gosses, juste avant de claquer ! Alors pourquoi c'est pas pareil pour les meufs ?

— Y'a peut-être pas de raison…

— Si. Y'a forcément une raison. Dieu n'a pas créé les gens pour faire du poids sur la Terre. Moi je crois que c'est pour que les femmes aient du temps à consacrer aux questions les plus délicates. Qu'on puisse travailler sur les choses importantes, qui

nécessitent un peu de recul, sans être dérangées ou déconcentrées. Et ce temps-là, tu vois, il a été donné aux femmes, pas aux hommes : ça veut dire quelque chose. »
Hassan haussa les épaules.
« Oui, enfin si c'était le plan, c'est un peu moisi, parce que si y'a bien des gens qu'on n'écoute pas, c'est les vieilles meufs.
— Ben ouais. Faut pas s'étonner après, si c'est la merde. Bon alors, elle en dit quoi la fille, d'aller chanter au camping ?
— Elle est d'accord.
— Pfff… »
Carine, fort réceptacle de toute la sagesse féminine, s'absorbait à nouveau dans le pliage de minuscules sous-vêtements. Mais pourquoi faire le premier pas alors, puisque c'est elles qui savaient et décidaient, à la fin ?
« Faut que je trouve un moyen de m'incruster ?
— Tu plaisantes ? Laisse faire, tu verras bien. Elle peut changer d'avis. »

Aurélie n'avait pas changé d'avis. Elle et le reste du groupe avaient parlé à chaque répétition de leur contrat au camping, puis de leur voyage fantastique vers la Ville Grise. Les semaines au camping semblaient déjà écrites, l'enthousiasme de cette occasion rémunérée de démontrer leur talent à un public captif avait fondu, avant même d'être réalisée. Avec toute l'ardeur de leur jeunesse, prompte à absorber l'excitation comme n'importe quelle autre nourriture, ils consommaient déjà l'euphorie de leur futur succès berlinois. Pour sembler raisonnables, pour éviter la déception, ou plus probablement pour rendre plus vibrante encore leur émotion, ils passaient à tour de rôle de longues minutes à disserter sur les obstacles probables, le manque d'argent, la barrière de la langue, surtout, l'incompréhension initiale des berlinois confrontés à l'art radical que le groupe offrirait. Les oreilles encroûtées dans la compotée de sons habituelle, le public réclamerait un temps d'adaptation pour apprécier à sa juste valeur leur musique. Certains n'y parviendraient pas. Mais n'était-ce pas la finalité de l'expression artistique, atteindre une qualité esthétique certainement, proposer les pensées ou les sentiments que l'on souhaite partager, mais surtout, chahuter suffisamment ce public pour qu'il se lance lui-même, personnellement et sincèrement, dans le voyage, instiller le ferment de l'incertitude, un bref inconfort précurseur de questionnements et, donc, de progrès, sur le chemin de la beauté et de la vérité ? Si Hassan s'était senti autorisé à participer à leurs discours, il leur aurait rappelé quelques proverbes populaires, par exemple, on n'attrape pas les mouches avec du vinaigre, ou, le lion qui chasse ne rugit pas. Mais Aurélie et les autres irradiaient une telle confiance, utilisaient des mots ambitieux avec une telle familiarité, qu'il n'osait pas intervenir, et doutait même de la légitimité de ses accès de prudence. Qui était-il pour remettre en cause, ou nuancer simplement, toute cette doctrine soigneusement élaborée ?

Un soir que finissait l'unisson de leurs monologues enflammés, et que les membres du groupe s'apprêtaient à quitter la salle, le miracle se produisit.
Aurélie se dirigea vers Hassan.
« Ça te dirait d'aller à About Zion ? J'ai pas encore testé. »
Une invitation ? Mais c'était où, aboute zaïllone ? Fallait-il que tout soit toujours compliqué ?
« Le nouveau bar qui s'est installé à la place de la pizzeria Corina, à côté de la Poste ? C'est à deux minutes max. »
Elle lisait dans ses pensées.
« C'est genre lounge d'après mon frère. C'est des Belges qui ont ouvert ça, je me suis dit que ça pouvait te plaire ? Ils testent le concept. Ils ont déjà

créé d'autres cafés éphémères, à Gallup, à Zanzibar, à Tromsø… Seb et les autres ont pas trop accroché, mais j'aimerais voir quand même… »
Un vertige.
« Oui, bien sûr !
— On y va maintenant ? T'avais rien de prévu ?
— Non, non, t'inquiète, c'est cool, super idée ! »
Un miracle.

Le jour s'assombrissait doucement, comme un voile laiteux qui caressait la rue, donnait à l'enseigne lumineuse un aspect cotonneux, aux larges baies vitrées des douceurs de renaissance italienne. Hassan et Aurélie s'engouffrèrent dans le café. Il était bondé, l'attrait de la nouveauté sans doute, mais Hassan repéra une table qui venait de se libérer et ils purent s'assoir immédiatement. La lumière était tamisée, la musique enveloppante. Les conversations autour d'eux restaient feutrées de sorte que l'atmosphère se prêtait à la discussion, nonobstant les éclats de rires ponctuels et le cliquetis des verres.
Des coupes vides et un hebdo régional gratuit encombraient la table où Hassan et Aurélie s'étaient installés. Machinalement, Hassan jeta un œil sur la page de l'horoscope ouverte devant lui. En dessous de son signe astrologique (texte en police *Swift*, flanqué du petit dessin ridicule d'usage), quelques lignes énonçaient :
« *Bien sûr qu'elle est faite pour toi, frère. C'est écrit dans les étoiles et tout ça. Reste focus quand même parce que y'a que la meilleure version de toi qui la mérite. T'es jeune, on comprend, mais faudra pas bloquer sur ses*

seins ça fait chacal. Par contre si tu veux ouvrir le dossier avant l'EHPAD bouge-toi parce que c'est pas le genre de meuf qui va t'arracher le slip direct, hein. Et sinon, bloque pas sur ses seins. »
Les yeux du jeune homme s'agrandirent, il allait ramasser le journal, mais un serveur arriva précisément à ce moment pour débarrasser prestement les feuillets chiffonnés et les verres vides. Est-ce qu'il aurait rêvé ? Est-ce qu'Anthony aurait pu monter un coup pareil ? Mais comment ? Son regard s'éclairait sous l'effet de la surprise: lorsqu'il croisa celui d'Aurélie, elle lui rendit un sourire charmé.

Sans déclaration, sans même un sous-entendu, ils parlèrent comme parlent ceux qui se sont reconnus, avec le supplément d'entrain que procurait, à lui, le soulagement d'être apprécié pour ce qu'il était, à elle, le ravissement d'être comprise malgré ses silences. Il y eut d'abord les longues dissertations sur leurs projets respectifs. Aucun des deux n'imaginait que ces projets, poursuite des études ou road-trip musical, puissent compromettre leur belle complicité. Puis il parla de sa mère, de sa sœur, de sa nièce (il y avait au front d'Aurélie une sagesse que ses traits juvéniles rendaient plus fascinante encore). Elle se garda bien d'évoquer ce flirt, le garçon qu'elle avait finalement repoussé après quelques mois d'étreintes fausses et de malentendus (quand Hassan riait, le dessin de ses lèvres était la plus exquise invitation).
Enfin, après un autre silence apaisé, juste un peu plus long que les précédents, Hassan osa :

« Tu crois… au destin ?
— Comment ça ?
— Par exemple, le fait qu'on se soit rencontrés, est-ce que c'est juste le hasard ? Ou bien, il y a une raison ? »

Il vit l'expression interloquée d'Aurélie, mais c'était trop tard pour renoncer.

« Parfois… certaines choses semblent inévitables, comme si une force te poussait dans cette direction. Quelque chose qui t'emmène vers, des choses, qui ne semblaient pas possibles avant…
— Contre ta volonté.
— Non ! Non. Plutôt comme… un guide. Une puissance supérieure qui te guide.
— C'est bon, stresse pas, je vois très bien ce que tu veux dire. Le destin, la puissance supérieure… mais je ne suis pas sûre pour le guide. Je ne suis pas sûre que cette force te guide. Tu peux voir des signes de temps en temps, mais de là à être guidé…
— Il faut interpréter les signes, c'est sûr…
— Ok. Comment tu interprètes ça ? »

En quelques mouvements, elle déboutonna la moitié de sa blouse, pour montrer à Hassan, juste au-dessus de la bordure satinée du soutien-gorge, une tâche de naissance, toute rose sur la peau blanche de son sein gauche. À peine de la taille d'un ongle, elle faisait comme un petit triangle surmonté d'un rond parfait. En réalité, elle ressemblait exactement…

« On dirait vraiment… tu sais, le trou d'une serrure… juste là, sur le cœur… c'est vraiment super mignon » conclut Hassan, qui travaillait dur pour *ne pas bloquer sur les seins, heureusement qu'on*

t'avait prévenu, de la jeune femme, et parvint dans un soupir à relever le menton tandis qu'elle se reboutonnait.
« Je sais. Mes parents me le disaient quand j'étais petite, c'est carrément ça. Alors, qu'est-ce que ça veut dire d'après toi ? Où ça m'emmène ?
— … Je sais pas trop, on verra… enfin, tu verras bien… »

Il avait fallu qu'un des serveurs d'About Zion les mette dehors, après que les autres clients aient disparu, pour qu'ils interrompent le carrousel des sentiments, des morceaux de leurs vies qu'ils s'offraient l'un à l'autre, à voix basse.
Le serveur baissa le store métallique derrière eux. Les néons s'éteignirent.

La rue était déserte. Ils marchèrent lentement dans la tiédeur de la nuit. De temps à autre, un souffle d'air encore printanier leur caressait la joue. Aurélie avait posé sa main sur l'épaule d'Hassan. Le lycée était en vue, comme l'au-revoir, et le jeune homme s'arrêta pour enlacer puis embrasser Aurélie. Il eut un geste pour ôter de ses cheveux blonds, comme un flocon qui s'y était posé. Puis un deuxième. Une neige printanière. Un halo rouge, à l'endroit qu'ils avaient quitté un moment plus tôt. À quelques centaines de mètres, About Zion était en flammes : ses cendres dansaient autour du couple.

Il avait trébuché, et un morceau de verre caché dans le ballast lui avait blessé le pied. La semelle de ses vieilles chaussures de marche était devenue glissante, il les avait remplacées par une paire de tennis décolorées, abandonnée près d'une poubelle, sur le parking du supermarché. Mais la toile synthétique n'était pas suffisamment résistante pour éviter l'entaille profonde. Il avait tenté de l'ignorer plusieurs jours, malgré la douleur atroce lorsqu'il marchait. Puis il s'était résolu à interrompre ses allers-retours quotidiens, pour prendre du repos, trouvant refuge sous les arcades d'un commerce abandonné. Ces jours d'oisiveté forcée le dégoûtaient. Plus encore, l'idée d'être confondu avec les pauvres hères sans domicile fixe qu'il croisait parfois, avinés ou mendiant, l'embarrassait, non qu'il eût trouvé leur condition honteuse, mais l'usurpation le répugnait.
Finalement, une fièvre le prit : Amschel était inconscient quand les secours l'emmenèrent à l'hôpital.

On l'avait conduit dans un centre d'hébergement social, petit, propret – provincial –, qui accueillait déjà à l'arrivée d'Amschel, deux vieillards sans ressources, et un jeune homme mutique, les bras couverts d'ecchymoses et de cicatrices sous les manches de son tee-shirt. Amschel profitait d'un vrai lit avec des draps propres, une infirmière pour vérifier son bandage, les jours ressemblaient à des rêves tandis que les rêves de la nuit ressemblaient aux jours d'avant, les traverses défilant sous ses pieds, les silhouettes des wagons surgissant du brouillard. Il se réveillait en sursaut, confus, doutant du lieu et du moment, avant que les sanglots étouffés du jeune homme aux manches longues, dans le studio d'à côté, ne le ramènent à la réalité. Certains ont l'esprit trop haut et le cœur trop fragile pour ce monde, bien qu'ils soient assez forts pour s'en extraire régulièrement et presque incessamment s'il ne s'y trouve personne qui leur rende la vie moins âpre, sans laisser rien d'autre pour hanter leurs semblables que leur silhouette comme un leurre, peut-être quelques politesses un peu décalées grâce au catéchisme enjôleur de leur enfance, et aussi peut-être quelques aquarelles, ou un livre, ou une chanson si le regret les prend, si bien qu'ils ne manqueront à personne au moment de la véritable libération qui les attend comme nous tous, à la fin. Sans doute le jeune homme en pleurs faisait partie de ceux-là. Amschel se savait un autre destin. Tabassé par ses nuits dehors, par la douleur de son éternel voyage sur la ligne de Wickheim, il portait sur son visage les stigmates de ses batailles : un visage de vieillard. Pourtant, malgré plus de cinq décennies de vie, les rides et la barbe déjà blanchie, son corps était droit, robuste. Athlétique.

Et son cœur, lui, avait-il jamais vieilli ? Sans cette maudite blessure, il serait déjà parti.

Par ses gentilles manières, Amschel charmait le personnel et les bénévoles du centre d'hébergement. Les infirmières qui se relayaient pour lui prodiguer des soins se demandaient, comment ce monsieur si poli, éduqué, se trouvait ici. L'une d'elles avait même rougi, quand il l'avait remerciée pour sa douceur. La directrice pensait, cet homme n'est pas perdu. Les bénévoles chargés de la distribution des repas lui racontaient les potins du village. Bientôt, malgré sa discrétion, Amschel était devenu leur cause. Le jour où on l'autorisa à se déplacer autant qu'il le souhaitait – *mais vous vous asseyez si jamais ça devient douloureux, surtout* – une assistante sociale vint spécialement le rencontrer.

«… Et vous avez un revenu régulier ?
— J'ai peu de besoins. Jusqu'à présent, j'ai toujours trouvé du travail quand c'était nécessaire. Surtout ne vous trompez pas, je vous suis infiniment reconnaissant de ce que vous avez fait pour moi. J'ai l'intention de rembourser les frais. Si vous pouviez attendre quelques semaines, ce serait formidable.
— Vous savez que le travail non déclaré n'est pas une solution, Amschel. Pensez, quand vous ne pourrez plus travailler… et si vous aviez un accident pendant que vous donnez le coup de main ? Qui prendrait en charge ? Vous êtes en forme, mais est-ce que le temps n'est pas venu de

vous poser un peu ? Écoutez, Amschel, ici, on prend en charge des gens qui sont en grande détresse. Des urgences. Mais vous... on a tous l'impression qu'il ne faudrait pas grand 'chose pour vous simplifier la vie, vous comprenez ?
— Je vous rassure, je suis loin d'avoir une vie compliquée, chère madame. Ce garçon qui est ici aussi, sa vie est certainement plus compliquée que la mienne, vous voyez. En réalité, je ne peux pas ... me poser, travailler tous les jours, parce que... j'ai d'autres obligations. »
L'assistante sociale pensait avoir tout entendu sur ce chapitre-là, des parents dépendants, les enfants à surveiller évidemment, la chorale, et même, une fois, le chiot à promener.
« Quoi que ce soit, on peut essayer de trouver une solution ensemble ? »
Quiconque disposé à écouter le crépitement d'une flamme, le vrombissement d'un insecte, pour peu qu'il acceptât de se laisser pénétrer par le flot d'histoires d'Amschel, s'en serait trouvé convaincu, ému à tout le moins. L'assistante sociale était-elle disposée à entendre l'histoire d'Amschel ? Se pouvait-il qu'elle ait quelque rôle à jouer dans la magie du camp ? Sa blessure, le centre d'hébergement, s'agissait-il de signes pour l'inciter à passer le relais ?
Il pouvait raconter son histoire. Bien entendu, personne ne pourrait jurer que tout était vrai, dans cette histoire. Mais si elle était attentive, son interlocutrice ne saurait-elle pas que tout avait été vécu ? Amschel étudia le visage de la femme. Le nez et le menton petits annonçaient un caractère

placide. Le front, ni trop haut, ni trop bas, une intelligence raisonnable. Surtout, croyait savoir Amschel, les larges pommettes indiquaient une empathie certaine.

« Je voyage, madame. Je voyage depuis si longtemps que les souvenirs du temps lointain où je ne marchais pas sur la ligne me sont de moins en moins accessibles. Et pourtant, finalement, je voyage toujours vers ces souvenirs… Tous les jours. Chaque matin est un départ, chaque soir est une étape. Ne croyez pas que ce soit par plaisir… Je dois le faire parce que jusqu'à présent, je n'ai trouvé personne à qui la ligne de chemin de fer de Wickheim apparaisse comme elle m'apparaît à moi. C'est tellement… formidable, ce qui se passe. Et atroce, aussi… Il y a forcément un sens. Un but. Alors, est-ce que je peux simplement oublier la ligne ? Ignorer ce qui se passe ? Vous comprenez pourquoi je ne peux pas… avoir la vie que vous me souhaitez ? Mais c'est terrible, osciller constamment entre la peur de faillir à ses responsabilités, et celle d'être aveuglé par l'orgueil… Avez-vous déjà marché le long de la ligne de Wickheim, madame ?

— La ligne désaffectée derrière la ZAC ? Non, ça n'invite pas vraiment à la promenade.

— Si vous aviez vu, il y a quelques dizaines d'années… mais enfin, si vous veniez avec moi, peut-être que vous verriez vous aussi… le miracle.

— Mais vous vous êtes blessé, lors de votre… voyage. Vous comprenez que vous vous êtes mis en danger ? Est-ce que les médecins auraient pu soigner votre pied, si on vous avait trouvé quelques

jours plus tard ? Vous vous rendez compte que le pire aurait pu arriver ?
— Bien sûr. Bien sûr. Il faudrait que vous ayez vu pour comprendre.
— Vous n'avez vraiment personne qui puisse veiller sur vous pendant votre convalescence ? Pas de famille du tout ?
— Ma famille… non… il faudrait que vous ayez vu pour comprendre… »

Cela faisait tellement longtemps qu'Amschel n'avait pas discuté avec quelqu'un. Depuis des années, quasiment rien au-delà d'un bonjour, des considérations météorologiques. Rien qui comptât réellement. Chaque phrase échangée nécessitait un violent effort. Malgré sa bonne volonté, il doutait d'avoir pu convaincre la femme que ses propos avaient un sens. Il se demandait si elle allait lui demander de partir avant la nuit.

L'assistante sociale trouvait étrange que les infirmières aient pu passer à côté de troubles si manifestes, d'autant que l'homme ne paraissait pas conscient du danger auquel il pouvait s'exposer. Elle se demandait si elle pouvait le convaincre de rester au centre quelques jours encore, le temps d'obtenir les deux certificats médicaux qui lui permettrait de le mettre à l'abri, là où on pourrait l'aider, si c'était possible. Il semblait si gentil.

Il avait laissé faire, comme l'avait conseillé Carine, et Aurélie ne lui avait pas proposé de les accompagner. Hassan et Aurélie, assis en tailleur sur le lit de la jeune femme, répétaient comme un mantra les horaires auxquels ils se téléphoneraient, chaque jour, précisant qui de l'un ou de l'autre appellerait, suggérant que, bien sûr, des appels impromptus seraient également bienvenus, mais que si l'autre ne pouvait pas répondre à ces appels impromptus, il s'agirait de ne pas s'inquiéter, laisser un message pouvait faire l'affaire aussi, d'ailleurs selon Aurélie, les messages avaient cet avantage de pouvoir être consultés, décryptés à satiété, n'importe quand, et Hassan commençait à comprendre, il n'était pas au summum du bonheur, à travers l'épreuve de l'absence, ce serait encore une évolution délicieuse de savoir qu'Aurélie, avant de s'endormir, réécouterait chacun de ses messages.

Alors qu'Aurélie tournait machinalement entre ses mains son téléphone, offert par ses parents en prévision du voyage, la sonnerie la fit sursauter.

Un air ennuyé et des phrases rapidement échangées. Aurélie se dirigea vers le petit bureau en pin blanc couvert d'autocollants.

« C'était mon frère, il y a un problème avec la voiture, on ne va pas pouvoir partir cette nuit ! Je suis dégoûtée ! Il faut que je regarde s'il y a des trains, je vais appeler tout de suite…
— C'est quoi le problème avec la voiture ?
— Elle est H.S. Elle sera pas en état de rouler tout de suite, on est censés commencer à bosser là-bas après-demain.
— Je peux demander à Anthony de regarder ?
— Non mais si Seb dit que la voiture est cramée, c'est pas la peine. Oh punaise, ça va être super galère avec le matos, comment on va faire ? »
Il était impensable de demander à Antho de ressusciter une voiture si le grand frère avait signé l'avis de décès. Mais Anthony avait des plans. Peut-être qu'il pouvait aider quand même.
« Je vais passer voir Anthony, au cas où.
— Ok. De toute façon, je serai encore sûrement ici ce soir…
— T'inquiète pas, on va trouver une solution. »

Carine ouvrit la porte, tandis qu'Hassan entendait Anthony dire depuis le fond de l'appartement, mais reste assise j'y vais. Machinalement il regarda le ventre de Carine juste après l'avoir saluée, sans noter de changement notable, en réalité c'était dans les yeux le changement le plus remarquable, une sorte de fixité du regard, non pas une angoisse ou une appréhension ou une interrogation, mais une tension, plutôt comme la vigie a trouvé le cap et ne le lâche pas.

Hassan expliqua la galère d'Aurélie et du groupe. Anthony attendait la demande de service qui tardait, après tout, il ne les connaissait pas, ces gars. Finalement, lassé, il coupa court :

« Tu veux que je jette un coup d'œil à leur caisse ?

— Le truc c'est que vu que le frère a dit que la bagnole était morte, si tu la répares… tu vois, je voudrais pas qu'Aurélie soit vexée…

— Mais Hassan, si tu laisses passer un truc pareil, t'as pas fini de te faire chier, je te le dis. C'est pas en cachant la réalité aux gens qu'on les protège, hein. Il est mécanicien son frère ? Non ? Je prends mes affaires et on y va.

— Non, s'il te plaît, je comprends, j'te jure mais c'est exceptionnel, là. Première et dernière fois que je laisse passer.

— Mais tu veux que je fasse quoi alors ?

— T'aurais pas quelque part… enfin… un plan pour une autre bagnole ?

— Mais t'es malade ? Tu crois que je les chie, les bagnoles ? Et même si j'avais un plan, je vais pas fourguer une caisse à des mecs que j'ai jamais vus ! Et sans savoir quand ils vont me la rendre, en plus.

— Mais allez, c'est comme si c'était pour moi ! Ils sont super sérieux franchement, c'est pas des clowns les mecs ! Je les connais moi ! Tu me prêterais pas une caisse si j'étais en galère ?

— Putain Hassan, évidemment que je te prêterais une caisse, si j'en avais une dans la poche et que t'étais en galère. Mais là tu me parles des potes d'une meuf que tu connais depuis deux heures.

— Huit mois et vingt-cinq jours. C'est pas pour ses potes que je te demande, c'est pour elle.

— Elle conduit même pas, ta meuf. » Hassan fit semblant de ne pas remarquer le froncement de nez un peu méprisant. Il décida de jouer son va-tout.
« Bon, si je te dis que j'y vais aussi ? Ça fait longtemps que j'ai pas pris de vacances, c'est l'occasion.
— Qu'est-ce que tu vas aller foutre dans un camping, là où ils vont, il doit faire quinze degrés max au mois d'août, tu vas bien te faire chier.
— C'est mon problème, non ? Tu m'as dit qu'à moi, tu me prêterais une caisse.
— OK. Mais j'ai jamais dit que j'avais une caisse à te prêter. »
Une intuition, tout à coup.
« Antho. Sérieusement. Avec le môme qui arrive. T'es pas sur un truc ? »
Anthony eut un petit tressaillement de surprise. Les amis qui te connaissent bien, autant d'épées de Damoclès. Le prix de la familiarité, c'est la vulnérabilité.

Après qu'ils soient sortis de l'immeuble, Anthony amena Hassan vers un pavillon à quelques minutes de là. Il ouvrit la porte du garage sans hésitation, puis appuya sur un interrupteur, et la masse informe qui emplissait le local apparut dans toute sa splendeur.
« Moteur V6, seize chevaux, boîte automatique. Sept places, on ne sait jamais. Il a à peine un an. J'ai tout révisé et réglé, il est au top. Je l'ai racheté à un collègue de Carine qui a déménagé dans le treizième, il avait plus besoin de thune que d'une

bagnole. Surtout qu'à garer, c'est pas hyper easy. T'en parles pas à Carine, c'est une surprise.
— Il te reste qu'à le repeindre, quoi.
— T'es con, je l'ai déjà repeint. Tu vois pas que la carrosserie est nickel ?
— Ah si… c'est vachement bien fait... c'est juste que je savais pas que Carine kiffait le rose Barbie. Elle peut oublier où elle s'est garée, hein, elle aura pas de mal à retrouver sa caisse sur le parking du Carrouf.
— Si ça t'emmerde, le Voyager reste là. Et c'est pas rose, c'est fuchsia. »

Hassan passa en coup de vent chez Aurélie pour lui annoncer la bonne nouvelle. Bien sûr qu'ils allaient partir, il s'était débrouillé. Si elle était en galère, il était là. Départ à une heure du mat', pas de problème. Il annonça à Aurélie qu'il allait devoir les accompagner, par contre, il avait promis, vu que c'était pas sa voiture à lui... Elle se pendit à son cou : visiblement, ça n'était pas un problème.

Il était déjà tard quand il arriva en bas de l'immeuble. Il fallait qu'il explique à sa mère – mais l'année scolaire était finie, ça ne poserait pas de souci –, qu'il prépare deux-trois trucs à emmener, et qu'il essaie de dormir un peu, même si ça lui paraissait difficile.
Il traversait le hall sans regarder autour de lui, quand Saïd surgit tout à coup.
« Faut que je prenne des vacances. Juste quelques jours. Pas pour choper ou rigoler, hein, du repos.

Antho m'a dit que t'avais un plan, et qu'il t'avait filé une caisse.
— Ben… oui… enfin, tu sais, c'est avec Aurélie et le groupe… et c'est la campagne, pas une croisière *all inclusive*…
— T'inquiète, je dérangerai pas. La vérité, si je pars tout seul, je vais vraiment me faire chier. »

Hassan n'avait pas beaucoup bougé. Il y avait eu la classe de neige, une semaine, en CM2. À La Plagne. Il avait ramené à sa mère un petit chalet-tirelire en bois, il trônait encore sur le meuble à chaussures dans l'entrée. Plus tard, Antho était sorti avec une fille, elle avait trois ans de plus que lui et une Clio. Elle les avait emmenés quelques fois en week-end à Berck. Ils passaient la nuit à fumer et manger des frites froides dans les dunes, pour rentrer le dimanche soir, complètement déchirés. Un jour, Hassan avait croisé un de ses profs, en sandalettes, sur l'esplanade devant la plage : la sensation de dépaysement s'était évanouie. Et puis, il y avait les séjours chez sa sœur et son beau-frère, du côté de Draguignan. Tous les étés, depuis qu'elle était mariée, elle les invitait, leur mère et Hassan, à passer quinze jours en famille.

Aucune de ces escapades n'avait procuré à Hassan l'excitation du départ ; ni la liberté du voyage ; ni la plénitude – tête froide et cœur bouillonnant –, de la découverte de ce lieu, lointain, que l'on reconnaît, pourtant.
L'expédition de cette nuit tenait de l'initiation. Une chance, cette aventure fabuleuse, à petits pas pour s'accoutumer (*doucement entrer dans l'eau froide du*

lac). Pour Hassan, impromptue, cependant longuement anticipée par ses amis. La destination, à quelques heures de route seulement... potentiellement juste une étape (*ne prévoir que des étapes : la destination se révèlera aux plus opiniâtres*). Tandis qu'Hassan prenait la mesure de cette chance-là, s'imposait aussi à lui l'évidence de la conjonction fabuleuse des autres fortunes de ces derniers mois, Aurélie, le cercle d'amis agrandi, la confiance enfin, comme une constellation au-dessus de lui qu'il contemplerait par une nuit tiède de juillet, l'astre le plus brillant, l'amour bien sûr, en son centre, il ne s'agissait plus que de suivre la direction des étoiles à l'horizon, le destin le guidait.

Saïd n'avait pas de valise, juste un petit sac en toile, pas d'explication supplémentaire à fournir pour sa subite envie de dépaysement, juste un frémissement nerveux. Il ne fit pas de commentaires sur la participation d'Hassan au voyage, ou sur l'absence d'Anthony. Il semblait un peu pâle. Peut-être les lumières artificielles le faisaient maussade et blafard. Il monta à l'arrière du monospace, en maugréant de vagues salutations aux autres. Hassan se sentit agacé, plus agacé qu'inquiet. Le Chrysler démarra, accompagné des soupirs de soulagement des jeunes gens. Pendant qu'ils traversaient les quartiers gris et calmes,
quartiers endormis dans le satin
et
quartiers tabassés, K.O jusqu'au matin,

Hassan s'amusait de voir les ombres se succéder sur le front d'Aurélie. Dans le monde parfait des ombres dessinées sur son visage, pouvoir vivre ! Être léger. Glisser sur ses joues. Oser s'aventurer, un peu plus loin, comme on part en week-end. Le cou, l'échancrure du vêtement et…
Puis revenir : contourner le creux juste au-dessus de ses lèvres. S'abriter de ses cils et ne jamais la quitter.

Ils avaient à peine quitté la banlieue parisienne que tous sommeillaient, hormis Sébastien au volant, silencieux, et Hassan.
« Leurs silhouettes énormes, leurs griffes malpropres et leur odeur décourageaient les voleurs de pâté-croûte les plus affamés. Il avait été question de les affubler de lunettes aviateur aux verres teintés, pour dissimuler leurs yeux chassieux, avant de constater l'impossibilité anatomique de la chose, les O.G.M étant dépourvus de pavillon auriculaire. Vous vous rappelez sans doute que c'est précisément les magasins TuttogelO qui, les premiers, avaient fait le choix d'employer comme vigiles des orques génétiquement modifiés. C'est pourquoi l'incident du sept juillet, dans leur hypermarché modèle de La Ciotat, a particulièrement choqué. Ce jour-là, en précipitant son caddie entre les portes vitrées du TuttogelO Confiance, monsieur Dabaz avait à peine remarqué que les O.G.M du magasin semblaient plus absurdes et hargneux que d'habitude. Pourtant l'un des deux O.G.M commençait déjà à tirer frénétiquement sur son sac

à crottin. Désormais, des images de vidéoprotection associent, pour toute l'éternité d'Internet, le visage transpirant de monsieur Dabaz et les balancements inquiétants de la poche à excréments de l'O.G.M voyou. À 12h52, le premier O.G.M escalada à la force de la mâchoire le kiosque à bijoux du centre commercial. Positionné au sommet de la fragile installation, il s'agenouilla dans un mouvement que les plus attentifs surent interpréter, ce qui leur permit d'éviter le déluge de matières qui s'abattit sur les plus proches. Dans un sursaut d'horreur, les clients virent alors le second O.G.M se ruer vers l'escalier central du magasin, heureusement désaffecté, les consommateurs avisés utilisant préférentiellement l'ascenseur. Avec la force qu'on connaît à cette engeance, il se suspendit d'une main à la rampe, et de l'autre s'adonna à des gestes bestiaux. Acharné sur un organe dont il n'était doté que par la négligence ou, on n'oserait le penser, le vice d'un scientifique, l'O.G.M pignoleur arrosait sporadiquement la clientèle d'une semence infertile et pestilentielle. Les policiers municipaux de la Ciotat s'adjoignirent des renforts de la BAC pour mettre fin définitivement à la carrière des deux vigiles. Nous en profitons pour remercier les forces de l'ordre. Les plus grands chercheurs ont décrit les mécanismes scientifiques à l'origine de ce dysfonctionnement, il est donc inutile d'y revenir. Contentons-nous de rappeler que la bioindustrie a comme principal souci le bonheur de l'humanité. Cependant, il faut également souligner qu'une chose *possible* n'est pas toujours une chose *souhaitable*. »

L'idée résonna dans l'esprit d'Hassan. Il lui était possible de lire ce roman dans la pénombre de la voiture en mouvement, mais était-il souhaitable de s'endormir sur cette description ? Aurélie, encore ensommeillée, désigna le livre : qu'est-ce que ça racontait ?
« Je ne sais pas trop encore, un genre de dystopie ? Difficile de voir où ça va. Mais j'aime bien quand on ne sait pas comment ça va finir. Sinon autant mater Rick Hunter à la télé. C'est les bons Culture de la mairie, tu sais. J'ai dit au libraire, n'importe quoi mais pas de l'auto-fiction, je ne supporte pas.
— Et alors ?
— Nickel. N'importe quoi, mais pas de l'auto-fiction.
— Nickel. Tu devrais essayer de dormir.
— Je vais juste finir le chapitre. »

Dans le rétroviseur il vit le regard noir de Saïd, comme un reproche.
Des lunettes de soleil, style aviateur. Dans la boîte à gants peut-être.

Sébastien et Olivier s'étaient relayés au volant du monospace. Aurélie n'avait pas le permis, comme Hassan – ce serait bien que l'un d'entre eux le passe, quand même. La nouvelle, Fatou, venait d'enchaîner les heures au MacDo, elle avait dormi comme un loir pendant tout le trajet. Personne n'avait demandé quoi que ce soit à Saïd. La méfiance d'Olive et Seb à son égard était presque palpable, même si Hassan leur avait juré que c'était un bon gars, pas le genre à faire des problèmes. Ils arrivèrent au petit matin. Les filles s'extasiaient devant les façades, les jardinières fleuries, les sapins. Comme EuroDisney mais en vrai. À six kilomètres du centre de Wickheim, ils quittèrent la départementale.

L'oncle de Mattéo, le gérant du camping, JB dit le Flamboyant, les attendait de pied ferme, toutes dents dehors. Il se précipita pour ouvrir la barrière du camping, serra chaleureusement la main des arrivants.
JB avait clairement pris plus du G.O. que du régisseur : ça se voyait aux mains, pas sèches et carrées comme les mains d'un homme qui sait abattre un arbre, ou changer des plaquettes de frein en quinze minutes. Aussi, ça se voyait aux rides

dans le bas du visage. Les rides d'un gars qui vit à fond ses expériences de karaoké. Un gars qui sourit par avance à la blague enjôleuse qu'il va balancer, au petit groupe de campeuses vingtenaires, à la maman solo du mobil-home numéro huit, ou aux mamies tricoteuses qui louent parfois la salle d'activités – ça ne mange pas de pain, on ne sait jamais où peuvent se cacher les opportunités. Il portait beau ses quarante-cinq ans, avantagé par des épaules carrées, un goût vestimentaire sûr, hérité d'une mère modiste. La discipline alimentaire stricte, habitude de ses années de vache maigre, la vie au grand air, qui lui flattait le teint, aidaient pas mal également. Au premier cheveu blanc, mal accordé selon lui avec ses yeux noisette, il s'était rasé le crâne.

Ce travail au camping, c'était comme l'aboutissement de sa vie : tout y était, le temps figé à l'instant du loisir, les bavardages et les corps bronzés, une manne de conquêtes potentielles et de potes en CDD, partis au plus tard en septembre, avant qu'on s'en lasse. Quand son énergie débordante ne trouvait plus d'exutoire dans l'organisation de chasses au trésor ou d'apéros géants, JB trouvait volontiers un coup de main à donner à des campeurs, un fournisseur à houspiller, sans qu'aucune tâche ne l'engageât vraiment au-delà d'un effort physique plutôt modéré – transpirer trop, c'était déchoir un peu – ou d'un haussement de voix. Comme une bénédiction supplémentaire, sans qu'il ne le perçoive ni ne le comprenne vraiment, la nature tout autour offrait un cadre de beauté immuable qui l'apaisait. Réceptacle de ses débordements d'excitation ou de doute, elle lui tenait lieu de philosophie. Cuirassé dans l'inconscience – ou l'acceptation ? – de sa contribution limitée à la marche du monde, de sa solitude véritable, il se félicitait d'accéder à son nirvana dans la force de l'âge. Il considérait les autres, moins bien lotis, avec mansuétude. JB se persuadait de vivre sa *best life*. Même aux yeux de ceux qui savaient l'effort désespéré, cela le rendait charmant.

« Salut les jeunes ! JB, enchanté ! Toi, tu dois être Seb ? Vous avez fait bonne route ? Vous ne démarrez pas tout de suite je suppose, je vais vous montrer les mobil-homes pour que vous vous posiez un peu, on fera les prez et le tour du camping plus tard... Ah mais vous êtes deux de plus ? Non mais on verra plus tard je ne vous embête pas tout de suite. Bon j'ai un mobil-home pour les gars et un pour les gazelles, le deux et le trois, après je ne vais pas venir vous border, hein, vous vous organiserez... Vous êtes tous majeurs, hein. Si je ne peux pas vous faire faire le tour du camping tout à l'heure c'est Nina qui s'en occupera, elle bosse à l'accueil et fait l'administratif, elle arrive à huit heures, vous savez ce que c'est les femmes, elles ont besoin de plus de temps le matin... Je plaisante mesdemoiselles, je plaisante, sans les femmes on en serait encore à courir derrière les mammouths avec des pieux, non mais c'est authentique, ce sont les femmes qui ont inventé l'arc et les pièges traditionnels, en observant les propriétés des matériaux, les fils qu'elles tissaient et le bois ramassé pour les fagots. J'ai fait une animation Préhistoire pour les jeunes, avec des diapos de Mutzig, on en reparlera. Il n'y a pas que les jeunes que ça intéresse d'ailleurs, l'année dernière il y avait une prof d'histoire du quatre-vingt-quinze, avec son mari, une tête cette femme-là, fallait voir comment ça l'a scotchée l'animation Préhistoire, elle m'a dit après qu'elle admirait mon enthousiasme, la qualité des photos... Bon vous devez être crevés, c'est quoi, cinq heures de route ? Six heures ? C'est ceux-là, voilà les clefs, il y a des doubles à l'accueil au cas où. Je vous laisse regarder vite fait, si vous avez besoin de quoi que ce soit vous n'hésitez pas, vingt-quatre heures sur vingt-quatre et sept jours sur sept, si j'avais des gamins de votre âge j'aimerais bien savoir qu'ils sont reçus correctement. Je ne vous embête pas plus, le bloc sanitaire est là, on se capte tout à l'heure, avant midi quoi. Vous allez voir, l'apéro c'est quelque chose ici, mais les gens sont cools, c'est très familial, je tiens à l'ambiance nature, on est quand même dans une région magnifique vous verrez, les excités ils peuvent aller à Ibiza, je ne les retiens pas. Allez, j'arrête avant de vous saouler, reposez-vous bien, et n'hésitez pas si vous avez besoin de quoi que ce soit, j'ai mis des choses dans le placard pour le petit-déj et du lait dans le frigo, du demi-écrémé généralement ça va à tout le monde, mais bon on ne peut pas tout deviner, si l'un de vous a des allergies ou quoi... bref, n'hésitez pas si vous avez besoin de quoi que ce soit.»

Quand il eut tourné les talons, Aurélie souffla : « Des boules Quiès ? Punaise, il est à peine six heures du matin et il est déjà à fond le daron, ça promet. »

Saïd faisait chier. Il éloigna Hassan des autres, pendant qu'ils déchargeaient les sacs du coffre. Il ne voulait pas dormir dans le mobil-home avec Olivier et Sébastien, c'étaient des racistes, il ne comprenait pas pourquoi Hassan traînait avec eux, lui en tout cas il ne ferait pas le caniche pour des Français racistes comme ça. Il ne voulait pas non plus s'installer avec Hassan et les meufs, t'as craqué ou quoi. Finalement, il décida de finir la nuit dans la voiture. De toute façon, il n'avait pas l'intention de s'éterniser dans un camping pourri plein de gros ploucs, quelques heures dans la bagnole c'était rien. Hassan annonça aux autres que Saïd dormirait dans le monospace, par pudeur. Il ne put s'empêcher de voir le mouvement rapide d'Olive, qui vérifiait la présence des clefs de la voiture dans sa poche. Est-ce que Saïd était capable de se barrer en loucedé avec la caisse ? Heureusement, le geste d'Olivier le dispensait de répondre à la question.
Vingt minutes plus tard, Hassan s'endormait, son amoureuse lovée contre lui.

Les premiers campeurs s'éveillaient trop tôt au goût des jeunes gens. Quand Hassan se résolut finalement à quitter le lit, il était seul dans le mobil-home. Aurélie et Fatou exploraient probablement le camping. Il sortait le thé et un paquet de biscuits

fourrés au chocolat du placard quand Saïd frappa à la porte.
« Vas-y, entre !
— C'est plein de vieux en short dehors, je sais pas comment ça te coupe pas l'appétit.
— C'est l'air pur frère, regarde pas dehors et c'est tout bon.
— Je vais regarder dehors parce que je reste pas ici, je me casse.
— Mais pour aller où ? Tu vas pas retourner chez toi maintenant ?
— Je sais pas, je sais pas… je pourrais aller voir la famille au bled pendant un moment.
— Mais n'importe quoi. Avec ta grand-mère et tes oncles sur le dos ? Mais tu vas péter un câble au bout de deux jours c'est sûr. Quand tu vas revenir t'auras trois femmes et une ferme, mais n'importe quoi.
— Et si j'ai pas le choix ?
— Pourquoi tu restes pas ici ? Le gars JB il peut te trouver un truc à faire.
— Mais j'ai de la maille, j'ai pas besoin d'un truc à faire !
— C'est quoi le problème de rester alors ?
— Je veux pas me sentir comme un putain de rat pris au piège, voilà pourquoi ! Et tes potes c'est des racistes, tu crois que je vais les supporter pendant combien de temps ? L'autre, là, s'il continue à me regarder mal, ça va m'énerver !
— Mais putain Saïd, redescends, les mecs ils te connaissent pas, tu te tapes l'incruste à la dernière minute en tirant la gueule, tu crois quoi ? Jamais de

la vie tu supporterais qu'on te fasse un plan pareil, toi.

— J'ai pas de plan de gitan qui va chanter dans la brousse, moi.

— Ben ouais, c'est con que ce soit justement ce qu'il te faut maintenant, hein. Des fois faut juste faire profil bas, frère.

— Tu me fais chier, t'as toujours raison, hein ? Si tu veux mon avis, t'as pris un peu trop la confiance depuis que t'es plus puceau. Tu te rends même pas compte que la meuf là, avec ses potes céfrans de mes couilles, elle t'a retourné le cerveau. J'arrive pas à croire que t'essaies de me faire la leçon comme ça, t'as changé j'te jure. C'est triste, j'te jure, t'as oublié d'où tu viens.

— Nan, j'ai pas oublié, Saïd. La vérité, dans ma famille on travaille honnêtement, y'a personne qui bicrave, ou qu'est assez con pour croire qu'il va carotte le gros, et l'autre il va être, ok, marlich, t'as qu'à niquer ma sœur aussi... J'ai pas oublié d'où je viens, mais j'ai un cerveau, je suis pas qu'une adresse, Saïd. Et vu le bien que ça t'a fait, j'te conseille d'y aller mollo sur la géographie, toi aussi. »

Jamais auparavant Hassan n'avait parlé comme ça à Saïd. D'habitude, quand Saïd disait de grosses conneries ou qu'il cassait les couilles, c'est Anthony qui le remballait comme il fallait. Mais c'était plus facile à faire pour Anthony. D'abord Anthony avait un physique qui incitait au calme, pas genre stoko super lourd, mais bien affûté. Le dimanche, il était torse poil sur le parking, quand il travaillait sur sa bagnole : pas mal de ses voisines calaient leur balade du jour sur ses horaires, pas pour admirer juste les tatouages. Ses petites sorties de groupe, avant ou après les matchs, c'était aussi un genre de sport, ça le préparait bien à pas mollir des genoux en cas d'embrouille. Ajouté à ça, Hassan et Saïd savaient que sous ses airs débonnaires, leur pote pouvait, épisodiquement, monter vite dans les tours. C'était commode de prendre ses engueulades pour des mouvements d'humeur. Du coup, après qu'Antho lui ait mis une chasse, Saïd pouvait prendre des airs de seigneur, hausser les épaules, prétendre ne pas être vexé plus que ça par les remontrances de son pote, ça faisait partie de son charme à Anthony, un peu. Le lendemain, tout était cool.

Mais Antho n'était pas là, c'est peut-être pour ça qu'Hassan avait ouvert sa gueule, ou peut-être qu'il y avait une autre raison, qui sait ?

Saïd claqua la porte, Hassan frissonna, comme les fenêtres en plexi du mobil-home.

Aurélie était accoudée au comptoir d'accueil, le menton posé sur les mains, écoutant sans ciller le discours de Nina, en vis-à-vis, qui parlait tout en remuant de la paperasse.

« Franchement, je suis pas mal ici. C'est pas comme à l'usine ou à l'hypermarché, ici j'ai pas vraiment de chef, avec tout le respect que je dois à JB, hein. Les clients, ça me va, il y a une forme d'honnêteté dans les rapports avec les clients que t'as pas dans les boulots que j'ai eus jusqu'à présent, en fait. Et pourtant je ne suis pas du tout pour le capitalisme, la marchandisation et tout ça, attention. Mais au boulot, enfin, mes boulots d'avant, c'est comme si toutes les injustices du monde se concentraient sur toi en même temps, j'en pouvais plus. Par exemple, pendant longtemps j'ai cru que j'étais sexiste, tu vois, parce que quand le chef était une femme, ça se passait bien, alors que quand c'était un homme, deux fois sur trois ça partait en sucette, ça m'a toujours cassé les couilles de devoir obéir à un abruti, j'y arrive pas. J'ai compris tard qu'en fait, non, je suis pas du tout sexiste, c'est juste que les meufs qui deviennent chef, elles le méritent vraiment tu vois, même les connasses de droite, elles ont un petit truc en plus, pour de vrai, ça force le respect. Alors que si t'es un homme, même d'une incompétence crasse, si tu t'accroches suffisamment à ta boîte, comme une bernique à ton rocher, si tu loupes pas une occasion de rappeler à tout le monde que t'as un truc dans le pantalon que ta voisine a pas, si tu lèches les boules du patron comme il faut, tu vas l'avoir ta promo, tu vas forcément devenir chef. C'est fou, j'ai passé trente ans à militer, persuadée que le Grand Capital c'était l'ennemi, alors que le vrai oppresseur était là, parmi les camarades. Les véritables oppresseurs, c'est les hommes, tu peux regarder le problème dans tous les sens, tu arrives toujours à la même conclusion, blancs, noirs, jaunes, vieux ou jeunes, pauvres ou riches, pareil. Il y a les trucs évidents, les mains au cul, quand ils insistent tellement même si t'as pas envie, tout ça… mais c'est pas juste ça. Au boulot, dans la politique… Affiché ou insidieux, partout, tout le temps. Même les camarades, il y en avait un, je te jure, je le considérais comme un frère avant de me faire avoir... T'as pas d'autre frère parmi les hommes que le fils de ta mère. Plus tôt tu comprends ça, mieux tu te portes, crois-moi. Ceux qui t'ont pas encore écrasée, c'est parce qu'ils n'en ont pas le moyen ou l'opportunité, c'est tout. Je ne crois pas que ce soit une question d'éducation, c'est des conneries tout ça, après tout, ils ont tous une mère, peut-être une sœur ou une fille, ils ne sont pas idiots, ils voient bien comment ça se passe, va. En fait, c'est que l'oppression, c'est dans leur nature. Je ne leur en veux pas, on ne reproche pas au moustique de piquer. Par contre c'est clair que la société est responsable aussi. On ne m'ôtera pas de l'idée que si la société était moins protectrice, on ne se retrouverait pas aujourd'hui avec autant de gars que de filles. Là ils sont trop nombreux, on ne fait pas le poids. Si on les laissait se taper sur la gueule et rouler bourrés, comme ils feraient s'ils n'étaient pas bridés par la société, la population des hommes s'autorégulerait, naturellement. Ils seraient moins nombreux, on pourrait commencer à causer. Pis, ceux qui resteraient, ils seraient moins nombreux d'accord, mais ce serait ceux qui sont un peu plus malins ou un peu plus forts... On n'y perdrait pas au change. Plutôt que de se trimballer chacune sa tartine rassie, qui fait des miettes dans la poche dont on n'arrive pas à se débarrasser, on se partagerait à trois ou quatre un bon moelleux pistache-framboise, qu'on remettrait dans le frigo quand on en a assez. Évidemment, j'ai eu ton âge aussi, je sais qu'à vingt ans, la quantité compte aussi, mais bon, t'y repenseras plus tard...

— Et concrètement, on fait quoi, alors ?

— Déjà, on conscientise nos sœurs, parce qu'entre les idiotes, les bonnes poires, les syndromes de Stockholm, les collabos et les défaitistes, elles ne sont pas toutes prêtes à rejoindre la lutte. Ensuite, on s'organise. Mais dans la clandestinité, pas de manifs ou de tribune dans le Monde, parce que quand ils auront compris qu'on est prêtes à se défendre, la réaction va être méchante, je te le dis. Ils vont nous ressortir le Travail, Famille, Patrie, ou n'importe quoi dans le genre, et on sera plus bonnes qu'à torcher le cul des gosses pendant encore cinquante ans.

Pour les mecs, c'est facile, ils sont en position de force, ils peuvent choisir leur combat, coloniser la lune, l'Amazonie ou la bande de Gaza. Nous, on n'a pas d'autre choix, il faut d'abord lutter contre la source première des inégalités, l'oppression par les hommes. Ensuite, on sera libres de choisir nos combats, comme eux.

— Je suis pas sûre que choisir son combat, c'est la liberté. La liberté, c'est quand plus personne n'a à combattre…

— Ah oui mais là, on n'y est pas… Faut être réaliste aussi… C'est lui, ton mec ?

— Oui. Hassan, c'est Nina, qui bosse avec JB.

— Bonjour…

— Salut. JB m'a dit que ce serait bien de vous faire faire le tour du camping, mais ça va être un peu tendu là, il doit y avoir pas mal d'arrivées ce matin… je vous offre un café ? Ou vous voulez explorer tous seuls ? Sinon, j'ai filé les clefs de la salle d'activités à votre copine, Fatou, avec les autres ils voulaient déjà repérer les lieux avant l'animation de demain. Vous commencez à bosser demain, c'est ça ?

— Oui. On va les rejoindre alors, merci.

— Pas de problème. Si vous avez besoin de quoi que ce soit… »

Aurélie et Hassan se dirigeaient vers le bâtiment, un poil plus grand que celui de l'accueil, pompeusement nommé salle d'activités, quand JB surgit devant eux, le visage rougi, *in full mode* Zébulon.

« Salut les jeunes ! Alors, Aurélie, c'est toi qui chantes ? Prête pour demain ? » Il se tourna vers Hassan avant que la jeune femme ait pu répondre. « En fait c'est bien que je te vois, il y a des amis à toi et à ton pote, la chemise coton égyptien lilas, je sais plus comment il s'appelle désolé, ah si pardon Saïd, qui voulaient vous voir ce matin, mais comme vous n'étiez pas là et qu'ils ne sont pas campeurs j'ai pas pu les faire rentrer désolé, faudra me prévenir si vous avez des amis qui doivent venir, hein.
— Des amis à nous ? Ils vous ont dit qu'ils étaient des amis à nous ? C'était quoi leurs noms ?
— Ah je sais pas, ils ne m'ont pas dit, mais ils connaissaient Saïd en tout cas, et puis tu vois, ils étaient, euh... »
Il eut un geste en agitant ses mains à hauteur des joues et des pommettes, et Aurélie, interloquée, souffla à l'oreille d'Hassan, il croit que c'est comme ça qu'on dit rebeu en langue des signes c'est hyper malaisant... si ça tombe il a fait une prez là-dessus,

il est tellement louf j'te jure ça me termine, mais l'esprit d'Hassan cavalait déjà vers d'autres préoccupations que la santé mentale du tôlier, c'était la santé de Saïd qui l'inquiétait, son intégrité physique, vu l'annonce de JB le pronostic à court terme était pas terrible, lui-même sentait sa respiration un peu coupée, il n'avait pas un seul instant envisagé que Saïd ait pu suffisamment merder pour que des gros bras se donnent la peine de venir lui tirer l'oreille jusqu'ici c'était trop à chaille, surtout après la dernière fois, mais apparemment, si.

Hassan sortit son arme magique, le sourire ultra-bright qui coupait court à toutes les questions, prit la main d'Aurélie dans la sienne. Ils s'éloignèrent. Le gérant s'apprêtait déjà à faire assaut de serviabilité et d'humour pour une autre mission, impliquant deux campeuses hollandaises, et des sardines molles versus une terre caillouteuse.

Hassan synthétisa autant que possible, parce qu'il ne savait pas grand 'chose d'une part, que le temps pressait d'autre part, mais quand il eut fini Aurélie avait compris que Saïd avait un besoin urgent de se mettre au vert, et qu'a priori, Wickheim n'était pas suffisamment vert. Hassan était le meilleur ami de Saïd, un frère, pas question de l'abandonner sous prétexte qu'il l'avait bien cherché ou qu'on l'avait prévenu. Hassan ne retrouverait la sérénité qu'une fois le cul de Saïd posé sur un siège Star Airlines. Il ne voulait pas lâcher Aurélie, ça le faisait grave yèche de la laisser même un peu parce qu'ils étaient juste trop bien ensemble, mais pas le choix, est-ce qu'elle comprenait ?

Aurélie ne comprenait pas, non. Hassan lui en avait assez raconté pour qu'elle sache. Des gars du bahut ont tiré le sac d'une mamie – elle s'est accrochée, R.I.P – pour acheter de la came à un type comme Saïd. Sa copine Louna n'y vient plus, au lycée, elle pleure tout le temps, c'est vrai que c'est une fragile, depuis qu'elle est sortie avec un type comme Saïd. Le père d'Aurélie – en mode physio du Macumba à Toubab City – regarde son amoureux d'un sale œil, parce qu'il a peur qu'il soit comme Saïd. Alors non, elle ne comprend pas pourquoi faudrait sauver le cul de Saïd. D'ailleurs, Saïd vit au jour le jour, on ne peut pas dire qu'il prépare l'avenir, même pas le sien propre. Sûrement parce qu'au fond de lui, il sait qu'il est avant tout une petite crevure, et quoi qu'il soit d'autre, le monde ne se porterait pas plus mal sans lui.
Seulement choisir ses combats, c'est ce qui ressemble le plus à la liberté dans ce monde de merde, n'est-ce pas ? Faute de pouvoir offrir à Hassan la vraie liberté – la totale, la liberté *chérie*, avec l'émancipation et le libre-arbitre et l'audace et la polissonnerie dedans – il fallait se résoudre à le laisser partir.
Aurélie acquiesça. Elle embrassa passionnément Hassan pour effacer son mensonge, ce voile qu'elle avait déposé sur la pourriture du monde.

Hassan se précipita vers les mobil-homes. Saïd, appuyé contre le capot du Chrysler, s'absorbait dans la contemplation de son téléphone OLA, jouant machinalement avec le clapet. À le regarder, ce téléphone, réalisait-il, personne n'appellerait, personne à appeler ?

« Saïd ! Saïd, c'est chaud, y'a des mecs qui se sont pointés ce matin, ils te cherchent ! Faut se barrer maintenant… Le bled, c'était pas si con…

— Quoi ?

— Des mecs qui te cherchaient sont venus au camping ce matin. Le relou les a pas laissés entrer mais ils reviendront, faut calter ! Bus ou train jusqu'à Roissy.

— Mais on prend la bagnole !

— Sérieusement, on peut y mettre un gyrophare aussi, pour qu'ils nous trouvent plus vite. T'as vu la bagnole ? Tu crois qu'elle est difficile à filer ?

— Mais tu fais quoi, là ?

— Je prends deux trois trucs et on y va.

— Où ?

— T'écoutes pas ? On va au village, maintenant, on verra là-bas comment on avance.

— OK. Te sens pas obligé de venir.

— Ta gueule Saïd, on n'a pas le temps. »

Il fallut discuter encore. Finalement, ils quittèrent le camping sans revoir les autres. Aurélie se débrouillerait pour leur expliquer.

Un touriste, qui allait faire des courses au Suma de la zone commerciale, les déposa à l'entrée de Wickheim.

Il y avait un parking goudronné de frais, pompeusement dénommé gare routière, non loin du centre du bourg, et Hassan s'appliquait à trouver les bus et les horaires susceptibles de les conduire à Strasbourg pour commencer, quand il aperçut pour la deuxième fois sur le panneau d'affichage, le reflet d'une Audi noire immatriculée dans l'Oise. Il avait beau être d'un naturel confiant, la menace était trop évidente, il fallait se replier rapidement, là ils étaient posés comme des pigeons, c'était pas bon. Il bouscula Saïd et les jeunes gens marchèrent à pas pressés vers la première rue au droit de l'abribus, qui paraissait tranquille. À droite, le trottoir s'élargissait sur une dizaine de mètres, laissant assez de place pour des plates-bandes généreusement garnies. Un immeuble moderne se trouvait là, quelque peu en retrait de la voie. Un panneau de grand format, juste devant le bâtiment, offrait un supplément de discrétion, et ils s'avancèrent vers l'entrée de l'immeuble pour trouver un répit.

« Ils nous ont pas vus… si on se tire vite ils sauront pas où chercher, Inch'Allah…
— Franchement Saïd, ça pue. C'est eux, non ? Tu sais ce qui se passe ?
— …ça va aller. Au pire, si on s'explique, ça va aller, c'est juste que je sais pas encore comment je vais résoudre le problème, mais si je leur explique et qu'ils comprennent que je vais résoudre le problème, ça va aller. C'est juste de la négociation.
— Moi je crois que t'as déjà passé la date limite, pour la négociation. Sinon t'aurais ton cul devant le gros et tu serais juste en train de te faire secouer. Ils se ramènent pas juste pour te filer deux-trois baffes, hein, c'est pas tes darons les mecs. »

Alors qu'Hassan s'efforçait de réfléchir à la situation et à leur issue de secours, le ronflement d'une voiture les fit sursauter, et ils pénétrèrent vivement dans le hall de l'immeuble.

Ce n'était pas une résidence ordinaire, mais dans leur angoisse Hassan et Saïd n'avaient pas regardé ou compris de quoi il s'agissait.

La résignation et l'espoir se succédaient si rapidement dans ce lieu qu'un soupir d'attente y faisait tout frissonner, doucement. Ils étaient dans un centre d'accueil et d'hébergement social. Le hall se donnait des airs d'hôpital, en plus petit, en plus calme. Derrière le comptoir devant eux, une petite dame conversait au téléphone, avec une voix soyeuse, l'air un peu triste. Un homme en costume, puis une jeune femme en blouse rose, passèrent devant eux rapidement. Personne ne semblait leur prêter attention.

« Avance avant qu'on se fasse choper, on reste vingt minutes une demi-heure ici, et on ressort pour choper le premier putain de bus.

— On pourrait faire du stop ?

— Saïd, tu peux plus prendre la route sans savoir où tu vas, maintenant. C'est fini le tourisme pour toi. Et puis, désolé frère, mais avec nos gueules d'arabes, tu crois qu'on va voyager en stop façon TGV ? Un mec nous prend en stop pour faire trente bornes, et après, t'as envie de dormir dans un fossé, le temps qu'on trouve le suivant ? »

Ils s'étaient engagés dans un couloir quand la femme de l'accueil les interpella. Elle se précipita vers eux, avec encore un cahier et un rouleau de scotch dans les mains.

« Bonjour, vous ne pouvez pas entrer comme ça messieurs, il faut passer par l'accueil même quand on sait où on va ! Je peux vous aider ? C'est pour un rendez-vous ? »

Hassan fit comme d'habitude, sa petite magie familière – parce que, désormais, il pensait que sa bonne tête, c'était pas par hasard, il y avait peut-être *une raison* – décocha un sourire à s'en brûler les fossettes, et jeta un discret coup d'œil au cahier ouvert de son interlocutrice. Il distingua une liste de noms, et tenta le coup, un nom parmi d'autres.

« Bonjour madame, vous étiez occupée, on ne voulait pas déranger... On vient voir monsieur ..., c'est un ami. »

Le visage de la femme s'illumina immédiatement.

« Vous venez voir Amschel ! Oh, je suis bien contente qu'il ait de la visite, ça lui fera du bien ! Enfin son pied va beaucoup mieux ! Il est même complétement guéri, je dirais... C'est vraiment une crème, ce monsieur ! Il reste encore deux-trois jours je pense, après l'hôpital le prendra en charge. Vous le connaissez d'où ? »

Hassan avait choisi le nom qu'il fallait, la meuf lui parlait comme à son cousin. C'était comme avoir tiré le bon numéro au loto, et en plus on te rembourse ton ticket.

Mais c'était quoi, la probabilité que son histoire de visite passe comme ça, tranquille ?

Le problème, c'est qu'elle était tellement contente que quelqu'un vienne voir le type, qu'elle les avait accompagnés, sans arrêter de sourire, sans paraître s'inquiéter du comptoir de l'accueil abandonné, jusque devant son studio : il n'y avait pas eu moyen de prendre la tangente.
Elle avait même ouvert la porte et annoncé, à un homme que Saïd et Hassan ne distinguaient pas encore, Amschel, vous avez de la visite, comme si elle annonçait l'avènement de la paix universelle. Elle recula pour les laisser entrer, les salua encore chaleureusement, et referma la porte.
Il était assis dans un fauteuil, très droit, pas prêt à bondir, non, on imaginait plutôt que le fauteuil allait décoller avec lui s'il décidait d'aller voir ailleurs. Il avait l'air un peu cramé quand même, pas de première jeunesse c'était sûr. Mais avec les boucles de ses cheveux gris, les yeux bleus perçants, un air de bonhomie et de force, Hassan pensa qu'il ressemblait un peu aux images de Dieu le Père, dans les livres d'enfants des cathos. Il n'avait pas l'air de vouloir parler. Après tout, c'est eux qui étaient venus, lui n'avait rien demandé. Hassan envisagea un instant de tourner les talons et de sortir sans plus de cérémonie, mais quelque chose l'en empêchait. C'était, dans une moindre

mesure, un sentiment qui ressemblait à ce qu'il avait perçu, la première fois qu'il avait rencontré Aurélie. Être devant une porte que l'on sent devoir franchir, sans savoir exactement ce que cela signifie ou implique, de plaisir, de joie ou de souffrance, mais avec la certitude que la porte peut se refermer à tout moment, définitivement. Toute sa jeunesse, il lui avait semblé que le flot de la fatalité qui le portait, lui comme tous ceux qu'il connaissait, l'amenait mollement et sans drame vers l'inévitable. Aujourd'hui, il reconnaissait le destin à ces grands coups de projecteur qu'il donnait vers la direction qu'il devrait prendre, forcément.

« Bonjour. Je m'appelle Hassan. Lui c'est Saïd. On est désolés de vous déranger, monsieur, mais on avait des embêtements, du coup on est rentrés ici sans savoir où on était, et pour pas que la dame nous mette dehors tout de suite… enfin voilà, on ne vient pas vous embêter en tout cas… »

Il en fallait beaucoup pour surprendre Amschel. Il avait craint un instant que ces deux jeunes ne viennent le dépouiller de ses cartes et de ses papiers, c'était déjà assez difficile de les protéger des bonnes âmes du centre, *vous avez vraiment besoin de ce fourbi monsieur Amschel ? Ça a pris l'eau, c'est tout en bèbb*, mais il avait vite compris qu'il n'y avait rien à craindre.

Celui qui s'appelait Hassan, même, lui semblait sympathique. Il voyait mal quels genres d'embêtements pouvaient inciter un gamin si jeune, l'air posé, à faire cette incursion bizarre dans le centre d'hébergement social d'une petite ville de campagne. Il est vrai que la façon dont roulait le monde depuis quelques décennies n'avait pas été sa principale préoccupation.

L'autre jeune, par contre, lui avait immédiatement déplu. Derrière sa chemise de prix, son air sombre, sa froideur et son agitation mal contenue, Amschel le voyait pour ce qu'il était, un qui voudrait consommer ce monde avec ferveur ou voracité. Mais le monde est si vaste que c'est le monde qui les engloutit, ceux-là : au mieux, les phrases des autres, les formulaires administratifs et les messages des répondeurs téléphoniques deviennent leur cerveau, les autoroutes, les danses de l'été, les vagues sont leurs viscères, et avant d'avoir pu espérer, ils s'engluent dans l'étreinte d'un jouet, ou d'un plaisir, ou d'une guerre trop captivante. Au pire, ils n'y survivent pas.

Comme la journée était longue, Amschel décida qu'un peu de conversation ne lui ferait pas de mal. Discuter à nouveau, depuis qu'il était là, lui avait demandé des efforts. Sa nature solitaire s'en trouvait froissée. Il appréciait donc les échanges en eux-mêmes avec modération. Mais le langage – les langages, puisqu'une des femmes de ménage lui parlait *elsässich* – le réconfortaient beaucoup. Il s'était rendu compte qu'à moins parler, pendant toutes ces années, certains mots lui échappaient. Il les avait retrouvés avec délectation, pas seulement les mots en eux-mêmes, avec leur petite farandole de syllabes, mais aussi tout leur sens, leurs sous-entendus, les images oubliées qu'ils ramenaient à l'esprit. Ça lui manquerait, quand il retournerait suivre la ligne de chemin de fer. Il songeait à emporter quelques livres. Il pourrait les lire à voix haute, peut-être.

« Puisque vous êtes là... asseyez-vous un moment... discutons. Je m'appelle Amschel.
— Ah oui, je sais ! La dame de l'accueil, elle n'arrêtait pas de dire, Amschel ceci, Amschel cela... Sérieux, vous avez un ticket, mais carrément. Enfin si je peux me permettre. Bon après, les relations, c'est compliqué, les femmes tout ça... »
Sous l'œil médusé de Saïd, malgré la situation fâcheuse, le bavardage d'Hassan l'emmenait tout droit vers ce qui, il faut bien l'avouer, occupait la première place dans son esprit. Il lui fallut moins d'une minute de monologue pour prononcer le prénom d'Aurélie devant le vieux. Saïd mesura tout d'un coup à quel point la trajectoire d'Hassan pouvait s'être infléchie ces derniers mois, quitte à l'éjecter, lui, au détour d'un virage, s'il n'essayait pas de rester sur la route. Avec Anthony, c'était différent. Ils n'avaient jamais vraiment été dans le même bateau. Anthony, c'était un vrai pote, c'était un bon : mais déjà, c'était pas un rebeu. Certains trucs, il pouvait pas comprendre. Et comment il était, avec ses aspirations à la con, sa petite femme et ses rêves de pavillon, il avait un côté mouton, pas si différent des caves dont Saïd se moquait méchamment quand il en avait l'occasion. Mais Hassan... ils n'étaient pas toujours sur la même longueur d'onde, mais sûrement, c'était parce qu'Hassan était plus jeune, et puis ça l'aidait pas de vivre avec sa mère, qui la ramenait quand même vachement et le traitait pas comme un vrai homme.

Jusqu'à présent, il avait paru évident à Saïd qu'il n'y avait pas de différence essentielle entre Hassan et lui. Après qu'Hassan se soit frotté à la vraie vie, après avoir grandi, il se rendrait à sa vision du monde. Il avait déjà vu Hassan faire son show de brave type devant des profs, des mamies ou des flics, mais il avait surtout vu le côté utile de la chose. Il avait pas aimé, voir Hassan faire le canard, depuis quelques semaines. Mais l'écouter raconter poliment sa *life* à ce croulant, sans voir à quoi ça pouvait servir, ça le sidérait.

Au fur et à mesure qu'Hassan parlait, Amschel distinguait, derrière l'ingénuité de sa jeunesse, à quel point le jeune homme avait déjà compris les choix à faire, les combats entre les doutes et les certitudes. Il avait compris, ce jeune homme, qu'au-delà des faits – *les statistiques sur le divorce les cancers du pancréas les accidents de la route* –, les pensées et les émotions n'étaient pas moins, aussi des choses réelles, que les intuitions, les serments et les prières, étaient à porter au crédit de la grandeur des hommes, pour peu qu'elles naissent dans le désir de bien faire, qu'elles étaient à la fois le vrai terreau de l'action, le guide et la consolation. Il y avait quelque chose d'autre en ce monde que *les enfants soldats les inondations le prix du gramme de coco et du litre de gasoil.* Le gamin n'avait pas vingt ans. À le voir, Amschel se demandait, s'il avait eu un fils, s'il aurait pu lui transmettre ça, si cette acuité-là pouvait s'enseigner. Il n'avait pas vécu le genre de vie qui vous offre, comme un cadeau, un enfant. Ni même une compagne. Il y avait bien eu, des années auparavant, une année qu'il donnait le coup de main aux vendanges, cette femme aux cheveux courts, dont il avait admiré la bonne humeur, les muscles jouant sous la peau lisse et bronzée, pendant qu'ils travaillaient ensemble. Elle l'avait simplement invité à la rejoindre une nuit, quelques jours après. Les quatre semaines suivantes, la constance de ses attentions pour lui avaient plongé Amschel dans une sorte d'hébétude dont seul le départ de cette femme, après les vendanges, l'avait sorti : il en gardait une sorte de souvenir cotonneux. Une breloque s'était arrachée de sa besace, qu'elle n'avait pas recousue, et c'était, en vérité, la seule chose qui lui était restée après son départ, comme preuve que cette parenthèse n'était pas le fruit de son imagination. Depuis, il avait à l'occasion conjecturé sur le tour des événements, de sa vie, s'il avait parlé, ou agi autrement à l'époque. La saveur de l'enfièvrement, des caresses, s'éloigna assez vite. Mais tous ces possibles entrevus, l'appariement, le partage, pourquoi pas, un enfant, l'avaient poursuivi plus longtemps. Alors qu'Hassan parlait, pour Amschel un air lancinant d'occasions manquées résonnait. Ne lui restait-il pas qu'une seule chose à faire, pour donner un sens à ces rencontres ?

Sans le savoir, Hassan donna la dernière impulsion.

« Ils doivent bien s'occuper de vous, c'est sûr. Si vous êtes guéri, ils vont vous envoyer à l'hôpital pour quoi ? »

Il avait baissé la garde, fichues chaussures. Ils avaient pensé décider pour lui, en leur âme et conscience, même, du fond de leur cœur. Mais le destin d'Amschel embrassait tellement de hasards, de tragédies, d'espérances, ils ne pouvaient pas savoir. Il se leva, sur le visage un pli amer lui crispant la bouche, commença à rassembler son bagage en silence. Saïd et Hassan se redressèrent, attentifs, nerveux.

« Il y a un problème, monsieur ? »

Amschel fixa Hassan. Il essayait de ne pas regarder Saïd.

« Je ne peux pas rester. Il y a quelque chose d'important que je dois faire, et je ne peux pas prendre le risque d'en être empêché parce qu'ils m'envoient à l'hôpital.

— Y'a personne d'autre qui peut le faire à votre place, le truc important ? Faut pas rigoler avec la santé, si les médecins pensent que vous devez aller à l'hôpital…

— Il y a des choses qui échappent même aux médecins. C'est un biais que certains médecins ont, ils pensent qu'ils sont là pour guérir les gens, quand on les met devant quelqu'un qui n'est pas malade, ils agissent de façon irrationnelle.

— Oui, enfin tout le monde a plus ou moins des soucis de santé, c'est un peu normal qu'ils cherchent quel est le problème et ce qu'il faut faire.
— Ah mais, pas la peine de chercher, neuf fois sur dix, les soucis de santé, c'est juste… un effet secondaire de la vie, on n'est pas éternel. Tout s'use, figurez-vous. Mais ça va, je m'entretiens. J'ai l'air plus vieux, mais c'est la vie dehors… De toute façon, la question n'est pas là, l'hôpital c'est parce qu'ils me prennent pour un… *meshugener*. Si seulement ils pouvaient voir ce que je vois ! Il faut que je vous laisse, mais je vous conseille de partir aussi, parce que si vous êtes encore là après que je sois parti, on va vous poser des questions. Je ne crois pas que vous ayez envie de répondre à des questions, n'est-ce pas ? Surtout pas ton ami, là…
— Mais vous ne pouvez pas partir comme ça ! Ils vont vous chercher…
— Là où je vais, personne ne pourra me trouver. Je ne sais toujours pas si c'est pour le pire, ou pour le mieux. Pour l'instant, je fais avec.
— Vous avez une planque, c'est ça ? Genre une petite cabane en bois au milieu de la forêt ?
— Non. Pas une petite cabane en bois au milieu de la forêt.
— Ok, ok, écoutez, même si c'est une cave ou une péniche sur un cours d'eau ou une grotte, est-ce que ce serait possible qu'on y passe juste quelques heures, histoire que ça se calme un peu pour nous ? Juste quelques heures pour réfléchir, et après on vous laisse, vous n'entendrez plus jamais parler de nous, et je vous jure qu'on ne parlera de votre planque à personne, on n'est pas des balances. »

Hassan, ça lui avait plu, la façon dont le type l'écoutait. Parfois le type hochait la tête, sans rien dire, il approuvait. Pas comme sa mère, qui approuvait pour qu'Hassan sache qu'elle l'écoutait toujours, qu'Hassan était sa priorité numéro un, même quand elle était occupée. Pas comme ses potes qui l'approuvaient pour lui faire plaisir. Et pas comme Aurélie, qui l'approuvait parce qu'elle l'aimait en entier, parce qu'elle acceptait sans hésitation le bagage de raisonnements et d'opinions d'Hassan, même si son expérience à elle l'amenait sur des interrogations et des réflexions différentes. Amschel, lui, approuvait parce qu'il était complètement d'accord. Comme s'il avait lui aussi intimement vécu ce qu'Hassan racontait, s'était forgé le même avis, validait une évidence. Hassan n'avait pas du tout envie de laisser s'échapper une telle aubaine. Il y avait une foultitude de choses dont il voulait parler avec Amschel. S'il était possible, en plus, de mettre Saïd en sécurité, juste un moment, c'était une occasion à ne pas manquer.
« Ça n'est pas ce genre de cachette. Il faut marcher. Longtemps. Et c'est très dangereux.
— Les embêtements de Saïd… c'est dangereux aussi. »

Amschel finit par couler un regard vers l'ami d'Hassan. Est-ce que ce jeune homme pouvait vraiment s'être mis dans une situation dangereuse ? Quelque chose de plus risqué que parcourir la ligne de Wickheim ? Peut-être. Il soupira. Il saurait bientôt si Hassan, lui aussi, voyait le miracle et l'horreur.

« On va sortir par la fenêtre, pas question de sortir par le hall. Une fois sorti, tout de suite à droite, tout droit, au carrefour après la boulangerie vous prenez la petite rue à droite, ensuite vous m'attendez, c'est plus compliqué.

— On n'y va pas ensemble ?

— Non, chacun son tour. Lui d'abord. Ensuite toi, et je vous rejoins, j'ai des papiers à prendre. »

Amschel replongea dans ses liasses de papier et ses bricoles étranges. Saïd attrapa Hassan par l'épaule.

« Mais qu'est-ce que tu fous ? On restait vingt minutes et on prenait le premier bus ! Là ça fait deux plombes que tu tchatches et maintenant on va se trimballer un vieux cinglé ?

— Je ne crois pas qu'il soit cinglé. Il a une planque, si ça tombe tu peux y passer deux, trois jours calé tranquille, et on n'aura pas besoin d'aller plus loin. Moi je suis sûr que c'est un ancien espion ou un truc comme ça, le mec, t'as pas l'impression ?

— Putain, mais tu débloques carrément !

— Saïd. T'as vraiment fait de la merde. Maintenant je te dis que je suis sûr du truc. Sûr à deux-cents pour cent.

— T'as intérêt. Je te préviens, au moindre doute, je le sèche et on se barre.

— T'es vraiment con. Allez, calte. »

Avec un mouvement souple, les yeux plissés par le soleil, Saïd enjamba sans bruit l'appui de fenêtre, comme l'aurait fait un chat du voisinage. Hassan eut un pincement d'envie. Même quand il était con, Saïd avait quelque chose que lui n'avait pas. Puis il se rappela que ni Aurélie, ni Amschel, ne semblaient sensibles à ce *quelque chose*, et il haussa les épaules. Il attendit deux minutes avant de suivre son ami.

Il avait craint qu'Amschel les laisse en plan, c'est ce que font les gens, souvent, là, dans la petite rue à droite après la boulangerie, mais l'homme les avait rejoints, balançant au bout de son bras un sac de sport dodu et flambant neuf. Hassan eut comme un flash, voilà, un braco, après le mec se planque dans un genre d'EHPAD, tu m'étonnes que l'ambiance était bizarre, puis il se rappela tous les papiers pourris qu'Amschel ramassait dans sa piaule, il se calma quelque peu. Sans un mot, Amschel donna un coup de menton pour les enjoindre de les suivre. Quelques rues bordées de petits immeubles résidentiels et de rares commerces, puis des pavillons, puis des parkings, des ateliers silencieux. Ils traversèrent une grosse départementale en deuspi, après avoir sauté les glissières de sécurité métalliques, d'avoir fait ça sans se ramasser une gaufre, c'était bon signe, pensa Hassan, avec un regard vers l'omelette brunâtre au milieu de la route, un hérisson qu'avait pas la gouache, le monde avait de ces façons de te rappeler qu'il pouvait te mettre au tapis à n'importe quel moment…
Finalement ils contournèrent une zone commerciale, c'était peut-être celle du Suma, ou une autre, elles se ressemblaient toutes, et Amschel les fit passer par une brèche dans un grillage.

Ils gravirent une faible pente au sommet de laquelle couraient des rails, presque complètement dissimulés par l'herbe et le plantain. En haut du talus, Amschel marcha encore une centaine de mètres, avant de s'asseoir sans grâce au milieu de la voie désaffectée.

Hassan et Saïd s'arrêtèrent, attendant des explications.

« C'est maintenant que vous devez choisir. Vous pouvez rester là, ou me suivre. Mais je vous préviens, plus loin sur la ligne, c'est… risqué.

— Mais on peut pas rester là ! Y'a pas d'endroit où se cacher ici ! On est juste dehors plantés comme des tepus ! s'énerva Saïd.

— Je croyais que vous aviez une planque, interrogea Hassan.

— Je n'ai pas dit que c'était une planque. C'est un endroit où on ne vous trouve pas, c'est différent. Il y a plein d'endroits dans le monde… les gens détournent le regard, ne voient pas… celui-là en est un, mais il est un peu…spécial.» Amschel toussota, avant de continuer, les yeux baissés.

« En continuant le long de la voie, ça peut prendre du temps, on arrive au brouillard. Après un kilomètre environ, il fait presque nuit. Le crépuscule, je dirais. Personne, absolument personne ne passe là. Mais il y a des uniformes qui patrouillent parfois, et je ne sais pas s'ils pourraient vous voir.

— Faut savoir, y'a personne ou y'a des keufs ?

— Des SS. Enfin, peut-être des souvenirs de SS. Ou leurs fantômes.

— Des SS ?... des SS… Vous voulez dire, comme des soldats nazis ?
— Des fantômes nazis ! Putain Hassan, je t'avais bien dit qu'il était complètement jobard, le mec ! Je te l'avais dit, putain ! »
Hassan encaissait le choc, interdit. Cet homme avec lequel il pensait s'être trouvé des affinités… qui le comprenait… un fou. Qu'est-ce que cela disait de lui-même ? Il était fou, lui aussi ? Juste un peu cramé ?
« Amschel… vous comprenez que c'est un peu bizarre, votre histoire, là… Vous confondez peut-être avec des douaniers, non ?
— Non, non. Les douaniers, je les vois de temps en temps, non, ce ne sont pas des douaniers, on ne peut pas confondre. Il y a les miradors, les barbelés… et l'odeur, mon dieu, si vous saviez… Écoute, l'histoire de la ligne, je ne l'ai pas inventée. Tout est là. J'ai fait des recherches, regarde… »

Amschel ouvrait le sac de sport, sortait nerveusement des documents, feuilles, livrets, morceaux de cartes, menus objets, qu'il étalait aux pieds d'Hassan. C'était sa chance de convaincre quelqu'un d'autre, la seule opportunité peut-être avant que lui, la ligne et les malheureux qui la hantaient ne s'évanouissent à tout jamais. Le souffle court, incapable d'expliquer, il s'en remettait à son dérisoire trésor d'archives et de fétiches, croyant fort que la providence s'en mêlerait, si jamais Hassan était destiné à prendre sa relève. Hassan ramassait machinalement tout ce fourbi, avec des précautions étonnées, jetant à peine un coup d'œil. Finalement il saisit une minuscule boîte en bois marqueté, pas plus grande que la paume de sa main. On aurait dit un coffre de poupée. Attachée à la boîte par une chaînette en or, une clef miniature, qu'il fit jouer dans la serrure, pour découvrir dans la boîte une feuille jaunie, pliée dix fois au moins. Il la déplia avec précaution, pour parcourir les lignes manuscrites.

« La douce conviction de vos argumentations discipline merveilleusement ma tête folle : suite à notre discussion, je n'ai eu de cesse de préparer une réponse à votre ultime remarque. Voyez comme je pense à vous, alors que vous-même êtes occupé de toute autre chose que de nos joutes cordiales. Ne vous en défendez pas, ne croyez pas que je vous tienne rigueur de votre âme voyageuse ou de vos défis perpétuels. J'accepte de bon cœur cette discordance, parce qu'elle démontre assez toute l'estime que je vous porte.

Ma réponse, la voici : il existe des lois et des objets naturels invisibles de prime abord, invisibles aux yeux de ceux qui ne considèrent le monde qu'à travers le prisme matérialiste de la pensée dominante. Un des buts les plus nobles vers lequel peuvent tendre l'intelligence et la sensibilité de tout homme, est la reconnaissance, sinon l'exploration et la compréhension, de ces lois et de ces objets. Voilà ce qu'est la spiritualité. D'évidence, elle ne s'oppose en rien à la science, ni à aucun des autres arts que l'espèce humaine peut s'enorgueillir de cultiver. Le défaut de spiritualité qui affecte notre époque porte préjudice à notre intégrité, ce défaut limite notre capacité au progrès et à l'épanouissement, et il s'oppose foncièrement, violemment, à la nature même de l'Homme.

J'admets volontiers que vos messes, vos serments, vos croisades, offrent quelque moyen de remédier à ce défaut de spiritualité. Je souffre malheureusement d'accès d'isolement et d'incommunicabilité, aussi fugaces qu'imprévisibles, qui m'empêchent absolument de m'amalgamer à la communauté de vos ouailles. Laissez-moi deviner votre prochain coup : une vie d'ermite, selon les règles de votre ordre, protégerait les autres de ma sauvagerie fluctuante. Las, je suis assez orgueilleuse pour avoir l'ambition de servir mes semblables, même discontinûment, et je refuse de rentrer dans un ermitage, là, comme on déserte.

Je soumets à votre réflexion quelques feuillets, d'un petit projet de roman que j'ai, avec l'espoir de faire naître chez le lecteur un certain nombre de questions. Pour y répondre, qu'il doive embrasser l'entièreté de son être, non seulement les raisonnements et analyses ordinaires de l'esprit, mais qu'il laisse aussi jouer, au coin de sa conscience, son âme innocente et curieuse. Il y sera fait mention du phénomène de Wickheim, qui je pense, vous a laissé confondu autant que je le fus après l'avoir découvert… Peu importe, après tout, que je mêle quelques faits réels à ma littérature, s'ils sont suffisamment extraordinaires et méconnus pour ne point entraver l'imagination. Vous lirez cela lors de votre prochain voyage. Vous me direz, n'est-ce pas, ce que vous en pensez ?

P.S : Oubliez les mots puérils, au début de ce message : je préfère que vous pensiez souvent à moi. »

Les dix dernières lignes étaient soulignées. « Wickheim » était souligné de deux traits. Hassan interrogea Amschel du regard.
« C'est moi qui ait souligné, confirma-t-il. La femme qui a écrit cette lettre, je crois qu'elle a vu ce qui se passait ici. Le phénomène de Wickheim, c'est ce qui est marqué. Et il y a une autre personne qui l'a vu aussi, on dirait. Le destinataire de la lettre.
— Mais elle ne dit pas ce que c'est... le phénomène de Wickheim. Et c'est qui, la meuf ?
— Je ne sais pas. J'ai trouvé la boîte avec des livres à donner, un jeune couple qui débarrassait une maison, sur la route de Colmar. Il n'y a pas de signature, pas de nom. C'est une femme qui écrit des romans, c'est tout ce qu'on peut en dire.
— J'ai lu un bouquin, il y a un moment... c'était un peu écrit dans le même style, enfin, les expressions, vous voyez... je saurais pas comment dire... L'auteur s'appelle Mick quelque chose. Mais ça parle des relations entre les hommes et les femmes, tout ça. Pas de phénomènes extraordinaires ou méconnus.
— Mick, c'est un nom d'homme.
— La femme d'un ami dit que c'est peut-être un pseudo.
— En tout cas, ça plus le reste... Hassan, je ne crois pas que ton ami et toi, vous soyez ici par hasard. Je ne crois pas au hasard. Il faut que quelqu'un d'autre voie ce qu'il y a au bout de la ligne. Je n'ai

rien pu faire, mais peut-être que quelqu'un d'autre… Sinon, toutes ces années… pour rien… »
Hassan vit pour la première fois Amschel comme Saïd le voyait, émoussé, inutile. Hassan savait également les signes discrets, et les routes, précieuses aux seuls qui s'y aventurent.
« On va venir avec vous. On verra bien.
— Il faut que je te raconte, alors. Que tu saches ce qu'il y a là-bas. Les uniformes, c'est pas le plus dur à voir… »
Amschel raconta.
À la fin, Saïd souffla, ça fait des plombes, on se barre maintenant, on prend le bus tranquillement comme prévu. Mais Hassan regarda Amschel et répondit, c'est bon, personne va nous trouver ici, t'inquiète, on va avancer un peu pour voir.
On n'a rien à perdre.

Ils s'étaient fondus dans le brouillard sans qu'Hassan puisse dire depuis combien de temps. Mais Saïd montrait des signes d'énervement et de fatigue. Il geignait. Il finit par s'époumoner :
« J'en ai ras le cul ! On se gèle les couilles !
— Il vaudrait mieux ne pas faire trop de bruit quand même, intervint doucement Amschel.
— Je croyais que dans le brouillard, c'était moins dangereux ? s'inquiéta Hassan.
— C'est moins dangereux que les... criminels qui vous poursuivent, non ? C'est d'eux que vous voulez vous cacher, non ? Je crois qu'il n'y a rien à craindre si on fait attention, qu'on ne sort pas du brouillard. Je suis venu des milliers de fois et les uniformes ne m'ont jamais surpris...» Amschel chuchotait. Hassan acquiesça.
« S'il te plaît, Saïd, moins fort...
— J'en ai rien à foutre ! Tu vois bien qu'il y a personne ! Vous me faites rigoler, toi et l'autre vieux mytho !
— Pourquoi vous les appelez les uniformes ?
— Je crois que l'uniforme révèle chez certains des choses qu'ils garderaient enfouies autrement, même, des choses qui ne leur appartiennent pas à eux, des choses terribles, anciennes, qui existaient avant. Des jeunes de dix-neuf ans, à peine sortis des

bras de leurs parents, qui disaient pardon en rougissant quand ils passaient un peu brusquement devant une grand'mère… et en une semaine, quinze jours, devenus des monstres qui marchent sur leurs semblables… oui, ils marchent, vraiment, avec leurs deux pieds, sur le dos et le ventre de malheureux qui se trouvent ici… » Une faiblesse physique, intellectuelle ou morale ; un moyen d'autorité, même étriqué ; surtout, une âme servile. La conjonction des trois fait les méchants, aussi sûrement que la nuit fait l'obscurité. Parfois la noirceur de certains caractères s'abîme dans de telles profondeurs qu'elle semble étrangère à l'humanité.

« On va s'arrêter ici, dans ce fossé. Quelques heures, et puis on repartira vers le village.
— Dans le fossé comme des chiens ! Mais vous êtes ouf ou quoi ? On va mourir là ! Putain, si c'est ça je préfère encore marcher !
— Mais on ne peut pas continuer à avancer, on est trop près du camp…
— Ouais, bah derrière ça pue aussi de toute façon.
— Saïd, fais pas le con… » implora Hassan.
Saïd, comme ivre, n'écoutait pas, continuait d'avancer le long de la voie.
À trois-cents mètres de la double enceinte, mur et barbelés électrifiés, du camp, se trouvait une première clôture de barbelés. Cette zone intermédiaire entre les premiers barbelés et la limite du camp abritait les baraquements de soldats. Pour garnir cette première sinistre enveloppe, aucun projecteur, aucun mirador

encore, mais des sentinelles SS patrouillaient nuit et jour. Amschel l'avait longée de très près en suivant la voie. Furtif, possiblement protégé par quelque enchantement, il n'avait jamais été inquiété. Saïd, lui, se dirigeait tout droit, sans précaution, attiré par la clôture aussi sûrement que la pierre lancée du sommet doit atterrir au fond du ravin. Si Amschel parvenait au moins à empêcher Hassan de le suivre, peut-être pourrait-il le sauver ? Il était trop tard : il entendit les ordres hurlés en allemand avant de voir les SS qui les entouraient.

Amschel était poussé devant le petit groupe, du bout de la Karabiner 98k du premier soldat. Hassan et Saïd suivaient, entourés des trois autres.
Ils franchirent des portes grillagées jusqu'à se retrouver entre deux miradors. Les soldats les firent s'agenouiller, à coup de pieds dans les cuisses puis dans le dos, et en hurlant des mots incompréhensibles pour Hassan et Saïd.
Quelques instants plus tard, deux autres gardes avec leurs chiens les rejoignirent, et Hassan se demanda combien de cafards se dissimulaient dans les ombres du camp, des centaines, des milliers ? La conversation s'animait entre les hommes. Les quatre SS qui les avaient découverts souhaitaient les emmener chez le commandant du camp. Les deux autres penchaient pour les exécuter immédiatement. Amschel se demandait ce qui pouvait justifier un désir si vif d'emmener de pauvres vagabonds à la Kommandantur, mais surtout, à quoi bon ce répit puisque la fin était

inéluctable, elle était écrite depuis que Saïd avait refusé de baisser la voix, plus tôt aux abords du camp. Il éprouvait la plus grande compassion pour les deux jeunes gens à ses côtés, incapables de comprendre ce que disaient les soldats, il était persuadé que le doute augmentait leur détresse. L'ignorance est douce lorsqu'elle se niche dans un certain cocon de certitudes, mais lorsque le confort des certitudes explose, l'ignorance apparaît pour l'impasse qu'elle est. Finalement, les gardes les forcèrent à se relever.

Pendant tout le temps qu'il était à genoux, les paumes ouvertes sur la boue blanchâtre du sol, Amschel avait senti à quelques dizaines de centimètres de son cou l'haleine chaude de Ritter, la vibration de ses grondements menaçants. Ritter était jeune encore, il n'avait rejoint le camp que quelques semaines auparavant. Mais il avait été dressé à mordre, à tuer : il ne faisait aucun doute dans l'esprit de cette pauvre créature que son maître, pour de bonnes raisons qui n'appartenaient qu'à lui, allait lui demander de le débarrasser du plus vieux des hommes. Pas plus tard que ce matin, dans la partie du camp réservé aux femmes, il avait montré à son maître de quoi il était capable. Il avait été félicité d'une caresse. Il attendait l'ordre, l'occasion de prouver à nouveau sa loyauté, même, son amour.

Les SS qui avaient débusqué Amschel et ses compagnons avaient eu gain de cause, visiblement satisfaits à l'idée de montrer leur trouvaille au commandant. Les deux autres semblaient dépités, comme s'ils avaient perdu un ticket de loterie gagnant. Les prisonniers seraient préservés pour l'instant.

Inquiet, déconcerté par cette clémence inattendue, le Schnauzer géant balança doucement la queue entre ses pattes arrière. La tête penchée, il regardait le vieil homme qui devait rester sauf, et un gémissement lui échappa. Dans sa frustration, son maître interpréta hâtivement le comportement de Ritter comme fraternisation avec l'ennemi. La détonation fit sursauter même les autres gardes, et Amschel dû enjamber le corps du chien pour avancer.

Les SS les firent grimper dans un mannschaftswagen Mercedes pour quitter le camp, et pendant un instant Amschel envisagea la possibilité de profiter du trajet pour s'enfuir. Il n'avait aucun moyen de se concerter avec ses deux compagnons et les abandonner le répugnait, il préféra renoncer à cette idée. Il n'aurait de toute façon pas eu le temps de passer aux actes : le logement du commandant se trouvait à moins de deux kilomètres du camp, dans la direction opposée à la ligne ferroviaire. Ils roulèrent sur le chemin forestier derrière le camp pour arriver à destination en quelques minutes.

C'était une villa cubique sur trois niveaux, à toit plat, étonnement actuelle aux yeux des prisonniers. À la faveur de la clarté lunaire, les murs blancs tranchaient fortement avec l'obscurité des arbres alentour. La villa avait appartenu à un riche industriel de la région, comme les bâtiments de stockage transformés plus tard par les nazis pour établir le camp qu'ils venaient de quitter. Le propriétaire original de la villa n'avait pas profité longtemps de cette perle architecturale, la crise l'avait ruiné et il avait mis fin à ses jours en 1932, en se pendant, disait-on, à la barrière de la terrasse de sa villa. Au premier étage, la façade était percée sur toute sa longueur de larges baies donnant sur cette terrasse spacieuse et arrondie, une douce transition entre l'environnement végétal et la rigueur des lignes de la maison. Un auvent en verre couvrait partiellement la terrasse, juste en dessous du ruban de fenêtres coulissantes du deuxième étage : le dessin de l'auvent et des huisseries sombres faisait comme une dentelle moderne sur ce cube de clarté.

Amschel vit l'homme blond assis près du feu, et une grande lassitude l'assaillit à nouveau, parce que l'officier, comme les autres, était si jeune. Sa figure et son maintien correspondaient si étroitement aux stéréotypes promus par l'envahisseur qu'une brève stupeur étreint Amschel, comme l'impression d'un pas de trop dans l'irréalité qui écroulerait cet édifice de faux-semblants, le résoudrait en un réveil brutal, maintenant, en un instant, même s'il savait la sélection drastique qu'on appliquait aux petits paysans de Thuringe, non pour les faire pousser droits et forts comme les mélèzes de leurs forêts, mais pour les habiller de noir et les gâcher sur des enfers de cendres. Le fauteuil de l'Oberführer se trouvait disposé perpendiculairement à l'entrée de la pièce, de sorte que l'homme, s'il voulait observer les arrivants, n'avait pas d'autre choix que de se lever. Il contourna le fauteuil, s'arrêta tout près de Saïd. Il boitait, et son épaule droite présentait un angle curieux. Blessures au combat, tellement tôt après son engagement dans la Waffen-SS, au tout début d'une carrière prometteuse, une injustice puisque ses qualités de combattant, de chef, étaient indéniables, qui le faisait grincer des dents dans son sommeil, chaque nuit, alors que jamais le sort des prisonniers n'avait troublé son repos. Les SS n'abandonnaient pas les leurs. Lui, fils d'un modeste agriculteur, aîné d'une fratrie de cinq enfants que ses parents peinaient à entretenir et instruire, il fut promu Oberführer. On ne l'enverrait plus au front, mais il n'y avait guère eu de difficulté à lui confier le commandement d'un camp. On amalgamait au corps répugnant du camp tout ce qui se trouvait de gloires SS déclassées ou empêchées, pas seulement les recrues des unités Totenkopf. À la fin tous gagnaient ce voile gris dans le regard, semblables dans cette même morgue, cette croyance d'avoir apprivoisé la mort, de la conduire comme un maître-chien son molosse, alors qu'ils avaient juste cultivé leur indifférence aux autres, l'indifférence prospérant en vérité sans nécessiter beaucoup de soins, tandis que mettre la mort en laisse est impossible au plus grand nombre.

À trente ans seulement le commandant du camp ressassait ses ambitions anéanties et l'iniquité de son infirmité, maudissait les soldats du camp, ignorait absolument tout ce qui concernait les prisonniers – "le charbon". L'alcool, les prostituées, quelques officiers et chefs de blocs licencieux l'aidaient à passer le temps. La hiérarchie véritable du camp s'étageait selon l'inventivité des uns et des autres pour distraire ce démon de son ennui, assez oublieuse des grades quand il s'agissait de son plaisir. Même, quand, par désœuvrement, il quittait sa villa pour parcourir à cheval l'Appellplatz ou les allées du camp, quelques kapos avertis de ce qu'un habile mélange de lascivité et d'obséquiosité leur vaudrait d'indulgence, n'hésitaient pas à se jeter sous les jambes de sa monture, espérant pouvoir attirer l'attention du commandant par quelques obscénités, prémices, selon l'humeur de l'altier cavalier et ce que l'audacieux pouvait offrir, d'un bain, d'un repas fin, ou de l'impunité pour les brigandages des jours à suivre. Le commandant restait dans les bonnes grâces de l'Inspection des camps, en faisant appliquer avec zèle les ordres de l'Office central. Au front, lors des combats, au milieu des hurlements, des canons assourdissants, des membres arrachés, des claques et des ébranlements provoqués par les volées de terre et de cailloux, il n'y avait guère que les ordres, comme une ligne de vie, pour sortir les soldats du saisissement, prévenir la dangereuse immobilité. L'officier s'en souvenait, il ne doutait donc pas qu'obéir aux ordres des supérieurs était la meilleure voie possible, même si les ordres, précisément, avaient conduit les soldats dans cet enfer. Le commandant séduisait les deux Schutzhaftlagerführer affectés au camp, les gardiens, les femmes des notables des environs, certains officiers généraux, peut-être par la discordance entre ses traits parfaits et les difformités de son corps ou l'ignominie de son caractère, ou en raison de la curiosité qu'inspirait son autorité fantasque. Son charme lui permettait de se couler dans une organisation complexe et mouvante, échafaudage de solidarités intéressées, de subordinations croisées : une couleuvre dans les niches d'un tas de pierres.

L'Oberführer escomptait aussi que l'idéologie deviendrait un substitut acceptable aux morceaux de jambe et d'épaule qui lui manquaient. Dans de brusques accès de dégoût, tout à coup pantelant de honte, ébahi, il délaissait ses putes, ses mignons, ses maîtresses, pour étudier avec ferveur les théoriciens du national-socialisme, se flattant à la fin de son expertise sur les questions débattues chez les plus grands penseurs du Reich. Les sources de la race aryenne notamment lui fournissaient le sujet d'innombrables discours, les caractéristiques physiques originales de la race, dont le Reich glorieux offrait les derniers rejetons, lui, l'envoûtant Oberführer, parmi quelques autres. Il entretenait avec exaltation ses interlocuteurs ou interlocutrices des travaux de Whalter Wüst, pendant que la conscience que ces envolées, scientifiques ou mystiques, s'accordaient merveilleusement avec le bleu orageux de ses yeux, l'auréole de sa blondeur, les dessins de ses muscles, montait insidieusement en lui. Il parvenait ainsi inexorablement à une apogée de corruption intellectuelle, qui l'enivrait de lui-même, excitait même sa virilité... pour le replonger avec plus d'ardeur dans la dépravation charnelle. C'était une lutte se rajoutant aux autres : hisser à force de raisonnements artificieux le fardeau de théories venimeuses, foutraques et vicieuses vers un sommet de philosophie, puis retomber dans la fange encore, à la fin épuisé, vide, le souffle court, sans espérance.

Immobile devant Saïd, l'Oberfürher le scrutait avec ravissement, s'exclamant dans un français étrangement rythmé, « ... ces pommettes ! La hauteur du front ! Oui, le rapport entre la taille du front et celle de la mâchoire... Là, c'est tout à fait ça... » Ses doigts glissaient avec délicatesse sur le visage de Saïd, l'extrémité de l'index sur son front, la pulpe du pouce effleurant le bas de la joue, comme un arpenteur étrange prenant des marques. Saïd ne réagissait plus, déjà absent de lui-même.
« Un exemple parfait des traits aryens ! La typicité originale, en vérité. Les ignorants s'arrêtent à la couleur des yeux ou des cheveux, alors que c'est tout à fait secondaire. Il suffit de voir les faces blafardes et sans intelligence des Polonais. » Le commandant avait constaté que Saïd ne bougeait pas, qu'aucun frémissement ne parcourait la peau du jeune homme au contact de sa main sur son visage : il semblait désormais s'adresser autant à Hassan et Amschel, qu'à Saïd. Il congédia d'un geste le soldat qui avait accompagné les trois hommes.

Après un long moment de silence, il les invita à avancer dans la pièce, lui s'asseyant dans son fauteuil, ses longues jambes étendues devant le poêle. Il parut s'absorber dans la contemplation des flammes, puis regardant Saïd à nouveau, l'interrogea simplement.
« D'où viens-tu ? »
Hassan craignit que son ami ne réponde pas suffisamment vite, et pressa discrètement le coude

de Saïd. Le jeune homme répondit d'une voix atone.

« Je viens de Paris.

— Paris ! Comme c'est romantique ! »

Il se redressa dans son fauteuil. Il inclinait un peu la tête. Un loup dont la curiosité a été piquée incline la tête, il a besoin de connaître les règles qui s'appliquent pour se montrer adulte et fort devant la meute, alors il réfléchit, est-ce une proie à capturer ou un jouet à poursuivre quelques instants, contrairement au lion ou au tigre, qui aiment bien jouer avec la nourriture, se moquent éperdument de ce que les autres créatures peuvent penser, et se donneraient des airs de chatons pour dévorer la portée juste née.

Amschel comprit que leur sort se scellait dans les minutes à venir, et pria secrètement.

« Ils passent leur temps à compter les prisonniers. Les gardiens, ils passent leur temps à compter les prisonniers. Les juifs, on ne les compte qu'une fois, à leur arrivée. Mais il arrive que l'on compte plusieurs fois ce qu'ils avaient dans leur bagage. Il y a d'autres prisonniers que l'on compte plusieurs fois. Et on soustrait. On recompte. On nous en envoie d'autres. On compte. On soustrait. Rien de passionnant. Il y a des milliers de prisonniers ici. Que vous vous soyez introduits dans le camp volontairement pour rejoindre cette multitude, c'est absolument extraordinaire.

Incompréhensible. Évidemment, le plus simple serait de vous tuer tout de suite. L'objectif est de réduire le nombre de prisonniers. Pas de les multiplier... ça, c'est un autre service qui s'en charge. » Il eut un rictus. « Mais on ne peut pas sous-estimer le risque de l'espionnage. Du terrorisme. Dans ce cas il faut que j'en sache davantage. Si cette intrusion était une entreprise terroriste, l'agression organisée par une puissance étrangère... Avec des complicités internes possiblement... » Amschel pensa : il a décidé, il joue, nous ne serons pas dévorés aujourd'hui.

En réalité, le SS cherchait un lien éventuel entre ces intrus et les difficultés de communication que rencontrait le camp. Aucun message ne semblait plus venir de Berlin, ni d'ailleurs. Camp de concentration, camp de travail, camp d'extermination. Le commandant avait su efficacement adapter sa petite entreprise à toutes les évolutions, satisfaire toutes les directives. En conséquence, le camp recevait habituellement une multitude de requêtes et ordres divers, lui-même consacrait la majeure partie de son temps au traitement de cette correspondance fastidieuse, des consignes pour l'intendance, l'annonce des visites du Gruppenführer, ou la nécessité de mettre à disposition de quelque favori de Himmler, aux velléités scientifiques, cinq paires de jumeaux véritables, des cœurs véritables du cuir véritable à brûler inciser recoudre, et puis une vingtaine d'hommes de seize à vingt-cinq ans en bonne condition physique, avec les compliments du Standortarzt. Il y avait aussi les trains annoncés, cinq cents hommes du camp de X..., deux cents femmes du camp de Y..., et les livraisons de cyanure d'hydrogène qui devaient arriver, dans les camions fatigués de la Croix-Rouge. Mais ces derniers jours, plus de missives. Il avait envoyé deux soldats à la préfecture ce matin, pour s'assurer qu'aucun événement fâcheux n'expliquait ce silence. Des juifs étaient arrivés ce matin encore, preuve que le camp n'était pas complètement oublié, ce qui le réconfortait un peu.

Si le commandant avait eu la pleine conscience de ce qu'il était advenu du camp, il aurait su qu'il envoyait ces deux mêmes soldats à la préfecture, chaque matin, depuis une éternité. Il aurait compris que le train de juifs était déjà arrivé hier et avant-hier, et arriverait demain encore.
Amschel savait que tenter de raisonner ou convaincre l'officier était vain, voire dangereux. Hassan, lui, crut pouvoir parler.
« On vient juste d'arriver de Paris. On ne travaille pas pour une puissance étrangère, on est français. On s'est approchés du camp par hasard, on n'avait pas l'intention d'entrer ni rien. On veut juste repartir, s'il vous plaît. »
Des trois hommes, c'est Hassan qui incommodait le plus le SS. Il était chétif. Il avait indubitablement des traits sémites, à moins qu'il soit tzigane ? Qu'une telle créature ait le profit d'une démarche sans heurt, alors que lui se retrouvait contraint de chalouper à chaque déplacement, c'était une erreur manifeste, une incongruité, une injustice.
« Personne n'arrive ici par hasard. Les gardes vous ont arrêtés à quelques mètres des barbelés. »

Alors, à la surprise d'Amschel et Hassan, Saïd s'anima quelque peu. Il paraissait jeter sa dernière énergie dans quelques mots, ramassant pour une fois tout ce dont il était capable de courage. Avec sa belle gueule, son regard de velours. L'Oberführer était enchanté, anticipant la narration de quelque épopée fabuleuse.

« On était poursuivis par des voleurs. Ils allaient nous tuer. On s'est enfoncés aussi loin qu'on pouvait dans le brouillard pour leur échapper, et on est tombés sur le camp.

— Des voleurs ? Français ? Avec des armes ? Si près de troupes du Reich, vraiment ? D'ailleurs, qu'avez-vous donc qu'ils convoiteraient ? »

Il y avait tellement de mauvaises façons de répondre que les trois hommes en eurent le vertige.

« J'ai plus rien… Mais j'ai défendu ce qui m'appartenait, alors ils voulaient me donner une leçon.

— Mais tu ne te laisses pas abattre facilement, n'est-ce pas ? Comment t'appelles-tu ? »

Saïd hésita un peu sur la première syllabe.

« Antoine…

— C'est ton prénom ? Antoine comment ?

— Antoine Legrand.

— Eh bien, Antoine Legrand. Tu es à l'abri des juifs et des voleurs désormais. Cependant il va falloir que vous soyez interrogés plus en en détail, pour exclure complètement les intentions terroristes. »

Il baissa la voix. « Je ne peux pas être certain que tous les hommes de la Sipo sachent reconnaître un authentique profil aryen et te traitent avec égards. Je t'interrogerai moi-même. Tu pourras contribuer à une étude que je débute sur les capacités physiques de la race supérieure. Tu seras mon invité. Je ne dédaignerai pas la conversation… »

Le commandant du camp claudiqua jusqu'à la porte. Il échangea quelques mots avec le SS à l'extérieur. Quatre soldats vinrent chercher Amschel et Hassan pour les ramener au camp. Ils quittèrent la pièce sans que l'Oberführer ne leur jette un regard. Hassan emporta une dernière image de son ami : Saïd, assis sur la chaise du bureau, avait fermé les yeux.

Les soldats discutaient vivement. Amschel chuchota. « Ils ne savent pas quoi faire de nous. Il leur a dit de le débarrasser de nous, mais ils ne savent pas s'ils doivent nous tuer, ils ont peur qu'il change d'avis et demande à nous voir plus tard. » Finalement, les soldats les emmenèrent vers une baraque qui s'avéra être le Revier.

C'était un médecin français entre deux âges qui tenait cette maison de douleur, de pestilence, d'absurdité et d'espoir fou, assisté d'un infirmier espagnol arrivé plus tard. Le docteur Lambert avait d'abord pensé qu'il ne rencontrerait pas de sort pire que d'être prisonnier dans le camp. Puis un jour les nazis lui avaient ordonné de choisir vingt personnes qui seraient évacuées de l'infirmerie. Comme il savait qu'il précipitait leur mort en les désignant, il avait fermement refusé. Le Rapportführer, prévenu de son insolence, avait simplement haussé les épaules. C'est l'infirmier d'alors qui avait dû sélectionner les malades : il avait tiré au sort les malheureux qui seraient exterminés le jour même. Quand il avait compris cela, le docteur Lambert s'était résigné à communiquer la liste, quand les bourreaux lui demandaient. Il y avait donc pire que d'être détenu et condamné. Il s'efforçait d'indiquer les plus faibles, dont l'état lamentable les condamnait à très court terme. Chaque auscultation, chaque soin, chaque jour, apporté avec la plus grande douceur et commisération, s'entachait de la perspective infâme du choix forcé, quelques jours plus tard, et liste après liste, ce brave homme distinguait avec de plus en plus de difficulté ce qui le séparait des monstres. Le docteur et l'infirmier trouvaient quelque consolation en coopérant autant qu'ils le pouvaient, au mépris du danger, avec les résistants du camp. Ils étaient quelques dizaines à s'être organisés, pour aider les plus faibles d'entre eux en partageant leur maigre ration, ou pour tenter d'établir des contacts avec des civils allemands apitoyés par leur misère, lors des travaux forcés à l'extérieur du camp.

L'infirmier qui travaillait désormais au Revier se prénommait Pedro. Républicain, catalan, il avait trouvé un refuge provisoire en France avec sa femme et sa fille, comme tant de ses concitoyens qui fuyaient la répression du général Franco, un déferlement tragique. Un journaliste communiste l'avait aidé à s'échapper du camp d'internement où les gendarmes français avaient mené les réfugiés : une unité coloniale gardait le camp, mais les Sénégalais s'acquittaient de leur mission avec la plus grande indifférence. Et puis, il n'y a rien qui ressemble plus à un blanc qu'un autre blanc, allez vous figurer si cet homme est un détenu ou un badaud ! S'il est à l'extérieur du camp, tant mieux pour lui. Des amis du journaliste avaient hébergé Pedro et sa famille dans un petit village près de Perpignan pendant de longs mois. Il était devenu moins prudent : les gendarmes, encore, l'avaient arrêté. Finalement, il fut remis aux forces d'occupation : son sort était scellé. Chaque jour, il imaginait sa fille et sa femme, en sécurité, chez ses amis. Pedro avait naturellement trouvé le moyen de se rapprocher de résistants communistes au sein du camp, des compatriotes d'abord, puis des camarades français. De son côté, le docteur Lambert s'était lié d'amitié avec l'abbé Jouey, normand comme lui. L'abbé Jouey, un gaillard, un mètre quatre-vingt-dix sous la toise, pestait en disant que sa haute stature réclamait bien trop de nourriture : il se privait d'un quart de ses maigres rations au profit de ses camarades la plupart du temps, mais enrageait de ne pas parvenir à se priver davantage. L'abbé fréquentait avec assiduité un groupe de gaullistes mené par un officier français. Ils partageaient le même dévouement. Ils partageaient la même foi, et un mélange d'abnégation et d'orgueil plus puissant encore que le courage. Par le jeu de ces affinités, et l'action d'hommes de bonne volonté, l'infirmerie était donc devenue un lieu de contact et de coordination pour ceux qui tentaient de faire front face aux nazis du camp.

À peine avait-on désigné leurs paillasses à Amschel et Hassan, une fois les SS partis, qu'un homme fut introduit à leur suite dans le Revier. C'était l'abbé Jouey. Hassan était incapable de lui donner un âge : le duvet blanc du crâne et la peau tremblotante des joues, trop rapidement amaigries, devaient davantage à la survie au camp qu'aux ravages du temps. Il y avait chez l'abbé une sorte d'élan, une pureté dans le regard, qui disparaît chez les plupart des hommes, au mitan de leur vie.

Le docteur fit des présentations sommaires. Ce que les soldats du camp lui avaient dit des arrivants d'une part : des vagabonds rôdant autour du camp pour une raison inconnue. Die Franzosen, à soigner, attendre les ordres du Rapportführer. Et d'autre part, simplement : voici l'abbé Jouey, il pourrait vous aider, racontez-lui.

Amschel raconta autant qu'il le put. Il avait conscience de l'anachronisme de ses vêtements, de ses manières, plus encore ceux de son compagnon. Il n'était pas question de faire savoir à leurs interlocuteurs que le douze octobre mille neuf cent quarante-quatre appartenait aux limbes : ils l'auraient cru fou, ne leur auraient apporté aucune aide. Néanmoins, n'y avait-il pas quelque raison mystérieuse, cachée, pour que finalement, il ait été conduit dans l'enceinte de ce camp, qu'il avait renoncée à franchir pendant tant d'années ?

« Je connais bien les abords de ce camp. J'ai longtemps cru pouvoir y retrouver mes... des membres de ma famille.
— Des israélites ?
— Oui. »
L'abbé Jouey le regarda d'un air navré.
« Et ils seraient arrivés... depuis longtemps ?
— Ils ont été arrêtés ensemble, le cinq août à Colmar... Judith et Hans, trente-quatre ans... de bonnes personnes... et ils étaient en bonne santé, ils pouvaient travailler, vous savez... alors, je pensais que peut-être... »

L'abbé ne répondit pas. Il prit les mains d'Amschel dans les siennes, le cœur d'Amschel chavira. Il se mit à pleurer, doucement, presque sans bruit mais sans pouvoir s'arrêter, les larmes coulaient comme s'il devait pleurer aussi longtemps qu'il avait parcouru la ligne de Wickheim. Plus de cinquante ans depuis que ses parents lui avaient été arrachés : en aucun cas il n'aurait pu avoir à nouveau cinq ans, et sentir la main de son père enserrer la sienne, la peau un peu sèche de sa paume sur le dos de sa main toute ronde à lui, ou bien savoir les yeux immenses de sa mère posés sur lui, quand elle le regardait depuis le balcon, pendant qu'il franchissait, tout seul, la huitaine de mètres séparant l'entrée de leur immeuble du magasin de madame Lutz, pour y acheter des sucres d'orge ou des coquelicots de Nemours. C'était une chimère, Amschel l'avait toujours su, pourtant la magie de Wickheim l'avait laissé espérer, maintenant qu'il avait atteint l'extrémité de la ligne le retour vers l'illusion était impossible, au deuil jamais fait de ses parents s'ajoutaient celui de son enfance, celui de ses rêves, à ce moment il pleurait pour toutes ces choses, sans colère, presque avec soulagement, enfin il acceptait sa peine sans la cacher sous le ballast de la ligne, ni la mesurer à l'aune de toutes les détresses de l'humanité afin de l'émousser.

L'abbé Jouey avait vu trop de douleur pour perdre sa contenance devant Amschel ; mais enfin, cet homme semblait différent des autres qu'il croisait ici, moins fataliste, alors il se laissa aller à souffler : « peut-être n'ont-ils pas été envoyés ici ? » Puis, se reprenant : « nous ne partageons pas la même foi, mais rappelez-vous que nous nous accordons sur ceci : aux miséricordieux, il sera fait miséricorde. L'Éternel console son peuple, Il a pitié de ses malheureux. Si ces gens de votre famille ont fait œuvre de miséricorde durant leur vie terrestre, alors, ils seront sauvés.»

Il y avait quelque chose d'incongru, chez ces deux hommes. Ils portaient avec eux comme une légère, mais significative, distorsion de la réalité. Cela n'avait pas tant à voir avec leur apparence physique qu'avec leur attitude : en ces temps difficiles, mêmes les moins touchés par la guerre, même les profiteurs, n'étaient pas épargnés par une chape de lassitude permanente, qui ternissait jusqu'aux petites victoires du quotidien, les bénéfices, ou la colère. Les nouveaux venus semblaient indemnes de cette maladie-là. L'abbé aurait pu croire sans trop de difficultés qu'ils venaient d'une autre planète, cependant ils semblaient au fait des événements. Fallait-il se méfier ?
La distorsion de la réalité, en vérité, était un moindre mal. Les perceptions et les récits de la réalité sont toujours biaisés, selon le point de vue, pensait l'abbé. Ce qui se passait dehors, à ce moment, dans le monde, était autrement plus préoccupant : la réalité n'était plus seulement tordue ou arrangée selon les affaires, les compromissions, des puissants. Elle n'était pas non plus juste harnachée des miracles et des auréoles dont les religieux et les zélotes la paraient pour séduire le fidèle – fidèle consentant d'ailleurs,

souvent complice, prompt à rajouter quelque mystère supplémentaire aux reliques. La réalité, dehors, à ce moment, dans le monde, était, purement et simplement, ignorée. Les autocraties, Franco, Hitler... ils avaient délibérément délaissé la réalité qui ne leur apportait ni la sérénité, ni l'envie, pour construire de toutes pièces une réalité alternative à leur convenance. Une autre réalité, où des troupes imaginaires manœuvraient au gré des fantasmes de ces esprits malades, où des victoires jamais atteintes étaient célébrées. Une réalité où les symboles incompris d'autres temps, d'autres hommes, étaient bafoués, réécrits, complètement dévoyés. Une réalité où des personnes, – comment le concevoir, des enfants ! – devenaient constitutionnellement indignes de vivre, non pas au prétexte fallacieux d'une trahison, d'une injustice, d'une agression, qu'un despote du siècle dernier aurait sans doute brandie avant le massacre, mais uniquement à cause des divagations fiévreuses et de la mythomanie irrécusable d'un seul individu, peut-être, de quelques individus. Et, extraordinairement, toute cette pourriture de fausseté totale se propageait dans le monde, malgré les hommes de bonne volonté, sans trouver de digue qui l'arrêtât. Elle prospérait sur la veulerie des journalistes, qui rapportaient de prétendus faits qu'ils n'avaient pas constatés, celle des intellectuels, qui grenouillaient sans façon dans l'amalgame des folies despotiques, comme s'il s'agissait d'un nouveau type de littérature. Elle prospérait sur l'ignoble indifférence des civils planqués et des scientifiques, pour qui la réalité s'arrêtait désormais à la porte de leur logis ou au résultat de leurs équations. Et elle s'épanouissait franchement sur la bêtise gueularde de quelques centaines de milliers, qui pensaient qu'échafauder une autre réalité, à grands renforts de défilés militaires et de photomontages, plutôt que de travailler à améliorer la condition présente, représentait une option valable.

Au-delà de l'horreur de la guerre présente, l'abbé Jouey sentait une grande violence arriver : celle d'une disjonction irrémédiable entre ceux qui refusaient d'abandonner le cadre de la réalité, la réalité ingrate, hostile, fascinante et belle à en mourir, et ceux qui lui tournaient résolument le dos. Une divergence profonde naissait, comme si le lien de la condition humaine partagée par tous n'était, finalement, guère plus solide que la guirlande de crépon dont les enfants de chœur garnissaient la sacristie à Noël. Pour lui, qui considérait tous les hommes comme les enfants du Seigneur, c'était pire qu'une inquiétude, c'était une faillite. Peut-être ce mouvement était-il inévitable. Les hommes, curieux, querelleurs, se desséchaient dans ce monde à l'uniformité désormais connue, qui ne satisfaisait plus leur soif d'altérité. Quoiqu'ils prétendent, au fond, ils n'avaient trouvé sur la Terre que des semblables. Les mêmes besoins vitaux, les mêmes jeux brutaux, les mêmes défis, les mêmes tourments. À défaut de pouvoir se confronter à une autre espèce d'hommes, les conquérants, les ouvriers, les prêtres, en vérité, tous frères, se forgeaient des différences, puis des oppositions, à coup de clairons, de mythologies honteuses. Comment faire autrement ? Lui, l'abbé, il avait sa foi. Dieu, à qui adresser des prières. Dieu répondait rarement. Généralement, on n'avait aucun moyen de s'assurer qu'Il vous écoutait. Ni même, qu'Il était parmi nous au moment de la prière, il fallait s'en convaincre, et voilà tout.

Si l'abbé avait voulu mesurer tout son bagage de réflexions et de questionnements, non pas au Père, mais à *l'autre*, une créature comme lui, mais qui ne fût pas un miroir plus ou moins fidèle, selon le déterminisme géographique ou social, de ses propres difficultés, de ses propres aspirations ? Quelqu'un capable de le comprendre et de le respecter, certes, mais qui ne soit pas embarrassé des mêmes postures, des mêmes appétits. Voire, quelqu'un avec une expérience physique différente du monde, empathique, pourtant essentiellement détaché des pulsions ordinaires qu'il éprouvait… vers qui se serait-il tourné ? À sa connaissance, il n'y avait pour l'homme, aucun être sur Terre qui pût remplir ce rôle.

Ce qui se passait dehors, à ce moment, dans le monde, était terrifiant. Alors, vraiment, l'abbé devait-il s'inquiéter de cette dissonance qu'il percevait chez Amschel et Hassan ?

L'abbé Jouey avait fait pleurer Amschel, pensa Hassan, mais l'abbé savait ce qui se passait ici. Il posa la question.

« Qu'est-ce qui va lui arriver, à Saïd ? » L'abbé le regarda, surpris.

« On ne peut pas savoir. Le commandant du camp ne le sait pas lui-même. Cet homme est complètement fou, il peut tuer votre ami ce soir, ou le couvrir de cadeaux jusqu'à l'arrivée des Alliés, et le tuer après. Je te conseille de ne plus y penser pour l'instant. Pour l'instant, pense à ce qui va t'arriver, à toi. Dans les cinq prochaines minutes. Puis, si tu le peux, dans l'heure suivante. Progressivement. Si ça fait trop mal ou que tu sens que tu vas trop loin, tu diminues à nouveau. Un quart d'heure. Une demi-heure. Jusqu'à pouvoir, sur une journée peut-être… La seule exception, c'est la nourriture, évidemment. Le docteur Lambert a en tête des menus de Pâques et de Noël pour les vingt prochaines années… n'est-ce pas, docteur ? »

Le docteur se força à sourire. Hassan poursuivit.

« Et qu'est-ce qui va m'arriver, d'après vous ? »

L'abbé Jouey observa Hassan. Il ne paraissait pas bien costaud. Les travaux en dehors du camp seraient difficiles pour lui. Il pouvait essayer d'imposer le jeune homme à la cuisine, mais les places étaient comptées, et d'autres que lui avaient besoin de ce repos. Les SS ne le garderaient pas éternellement au Revier. Il haussa les épaules.

Amschel se redressa, et dit d'un ton résolu à l'abbé :

« Le jeune, il faut le faire sortir.

— Le faire sortir ? Mais mon pauvre ami, on n'est pas au cinéma Berthier ici ! On ne sort pas comme on le veut parce que le film vous ennuie !

— Si quelqu'un peut réussir à faire sortir Hassan, c'est vous, non ? C'est de ma faute s'il est ici. Quoi que je puisse faire pour le faire sortir, dites-le moi, je le ferai.

— Je ne suis pas tout-puissant, figurez-vous ! Si j'avais une recette pour faire sortir les malheureux qui sont ici, vous croyez que j'aurais attendu votre suggestion ? Il n'y a pas une seule tentative d'évasion qui ait réussi, vous entendez ? Pas une ! Par contre, si vous voulez le nombre d'hommes fusillés sous prétexte qu'ils avaient tenté de s'enfuir, je peux vous le donner, j'ai des amis qui en tiennent le compte !

— Je ne sais pas comment vous le dire. Hassan, ici... ce n'est pas normal. C'est... ça n'est pas naturel.»

Hassan voyait l'abbé Jouey s'empourprer. Si Amschel continuait, il allait carrément le mettre en rogne. Il reprit la parole précipitamment.

« Si on sort, on pourra prévenir des gens.

— Qui ça ? Pour quoi faire ?

— Des amis. Pour vous aider. J'ai des amis, à Paris. »

L'abbé le regarda d'un air soupçonneux.

« Saïd, il connaît du monde, mêmes chez les riches. Il a son petit réseau.

— Il est grillé, votre ami. Si ce que vous dites est vrai, il ne reste qu'à espérer qu'il ne parlera pas.

— Mais moi aussi, je connais les gens avec qui il discute.

— De toute façon, quelle aide pourraient-ils nous apporter, vos amis ? Les colis sont fouillés et volés. Pour nous, il n'y a rien d'autre à faire qu'attendre les Américains.

— Vous savez ce qui se passe, dehors ? » demanda soudain Amschel.

L'abbé eut un sursaut. Il ne le savait pas. Un prisonnier qui travaillait à l'extérieur, dans un atelier près du village, avait sympathisé avec un ouvrier allemand. L'ouvrier, profondément hostile à la politique hitlérienne, lui faisait part des nouvelles diffusées par les radios étrangères. Un des chauffeurs de la Croix Rouge qui ramenaient le gaz avait, au mépris du danger, trouvé le moyen de glisser des petits papiers d'encouragement, dans une cachette près des guérites de l'entrée principale. L'abbé avait réussi à récupérer ces messages, trois jusqu'à présent. Chaque message indiquait que l'ogre nazi serait bientôt annihilé par la tenaille des forces alliées. Mais depuis quelque temps (deux semaines ? trois semaines ? davantage ?) il y avait eu comme un amollissement des fils ténus qui reliaient le camp à l'extérieur. On ressassait des nouvelles qui ne l'étaient plus. Comme un couvercle invisible posé sur le camp, d'habitude frissonnant de rumeurs, des plus audacieuses aux plus fondées.
Amschel poursuivit :
« Je sais précisément quelle est la position des troupes, alliées et ennemies, aujourd'hui, en France, en Allemagne et en Belgique. J'ai des informations sur les mouvements prévus par les états-majors. Je vous en fais la promesse solennelle. Je vous dirai ce que je sais, à vous et à ceux que vous voudrez, si vous m'aidez à faire sortir Hassan. »

En échange de l'évasion d'Hassan, ce qu'offrait Amschel, c'était l'espérance. L'abbé toussota. Il jeta un coup d'œil vers le docteur Lambert. Puis, avant de s'esquiver :
« Il faut que je parle de tout ça avec mes amis. »

Il y eut un moment d'angoisse quelques instants plus tard, quand deux soldats entrèrent dans le Revier en criant. Hassan et Amschel étaient heureusement immobiles, dans leurs couchettes. Les soldats disparurent assez rapidement, après que Pedro leur ait donné sans un mot le flacon qu'ils réclamaient.

Des lueurs blafardes couraient sur les vitres de la baraque. Les prisonniers étaient rassemblés sur la place pour l'appel et les premières brimades du jour. Une heure était passée, dans un silence humide, émaillé par quelques râles et les allers et venues de Pedro et du docteur Lambert. Hassan s'aperçut qu'il ne les avait pas vus quitter l'infirmerie depuis son arrivée. Pourtant, il aurait juré ne pas s'être assoupi.
Soudain, Pedro se précipita pour accueillir l'abbé Jouey, décidément incontournable, accompagné d'un de ses amis. Le nouveau venu se montrait aussi contenu que l'abbé volubile. Le nom sous lequel on le présenta à Amschel et Hassan fleurait la petite noblesse d'Empire. Il était de taille moyenne, les épaules larges : un profil de médaille, la mâchoire volontaire, sans doute plus jeune que l'abbé. Les yeux d'un brun profond, légèrement

exorbités sous une arcade sourcilière proéminente, passaient vivement d'un objet à l'autre. La bouche ourlée tempérait par sa sensualité l'impression d'énergie un peu brutale émanant de l'homme. Il était très maigre, mais toute son attitude démontrait qu'il avait été accoutumé, autrefois, à profiter d'un physique athlétique : l'homme avait des grimaces d'agacement lors de certains mouvements, qui lui rappelaient comme tout était plus facile auparavant. La plaque métallique autour du cou – avec le matricule, deux fois, en miroir : la vie, la mort –, concédée par l'occupant lors du passage au Frontstalag et conservée malgré les déplacements, le désignait comme prisonnier de guerre. Lieutenant-colonel, il avait d'abord été détenu quelques mois dans un camp en Allemagne. En mille-neuf-cent-quarante-deux, au hasard des errements de la mission Scapini, les six officiers français de cet Oflag avaient été dispersés dans des camps de travail, sans aucun recours. Puis finalement, sans plus d'explication, il avait été envoyé dans ce camp multiforme, un camp qu'on ne quittait pas, parmi les civils, des soldats et sous-officiers prisonniers de guerre, des détenus de droit commun. Il avait cru que servir dans l'armée française était réservé aux hommes d'honneur : avec le dégoût de la capitulation, il avait reconsidéré la valeur des engagements, celle de ses supérieurs. Pragmatique, il fédérait avec l'abbé les résistants du camp, qu'ils fussent militaires ou pas, français ou pas, opportunistes ou pas, tout en encourageant une relative discipline et la dévotion patriotique, signatures de sa nature profonde. Il

oscillait entre la nostalgie de ce qui aurait dû être, et l'espoir que cela fût encore possible, plus tard, avec d'autres hommes. En bref, le lieutenant-colonel cultivait la nuance et l'ouverture d'esprit, autant que le permettaient ses années de conditionnement militaire. L'abbé Jouey le considérait avec beaucoup d'estime, parfois avec une affection familière, se permettant quand ils étaient seuls d'appeler l'officier par son prénom, Jean-Gabriel, comme s'il l'avait baptisé lui-même.
L'abbé désigna du menton Hassan et Amschel : les voilà, ce sont eux.

L'officier français jeta un bref regard à Hassan, songea à «*ceux qui venaient des colonies, Pour sauver la Patrie* ». S'il était algérien, le jeune homme avait probablement été enrôlé de force ; s'il était marocain, il était peut-être volontaire. Puis le lieutenant-colonel s'ébroua de ses anciens réflexes, se souvint que les deux hommes étaient des civils, et s'approcha du plus âgé.
Pedro interpella Amschel, racontez donc au colonel.
Amschel réitéra la proposition faite la veille à l'abbé. Des renseignements sur la situation actuelle, contre une aide, pour l'évasion du gamin. Le lieutenant-colonel savait l'abbé enthousiaste à l'idée de recevoir quelques bribes d'espoir, des informations qu'il distribuerait à ceux qui en avaient besoin pour tenir, un jour, une semaine, un mois de plus. Mais il n'était pas dupe de l'inutilité pour lui, d'un point de vue opérationnel, de ces renseignements. Il était improbable que cet homme

sût quoi que ce soit de pertinent. Quand bien même c'était le cas, ses amis n'avaient aucun appui, aucune aide, aucun renseignement intéressant, à fournir aux forces alliées, à l'extérieur. Survivre, c'était déjà beaucoup. L'abbé piétinait derrière lui. L'officier se résolut à poser quelques questions à Amschel, pour mesurer la crédibilité de ses affirmations.

Après ce qu'il fallait bien appeler un interrogatoire en bonne et due forme, le lieutenant-colonel fut persuadé que son interlocuteur disposait, effectivement, de renseignements de première main. Il n'avait pas changé d'avis quant à l'intérêt de ces informations pour les résistants du camp. Par contre, il s'inquiétait vivement à l'idée que cette *folle d'Oberführer* dirigeât à nouveau son attention sur Amschel et son jeune camarade, et découvrît leurs secrets.

Le lieutenant-colonel entraîna l'abbé au fond de la baraque, là où Amschel et Hassan ne pouvaient les entendre, et fit part de ses appréhensions à l'abbé. Jouey n'était pas un soldat, cependant, il était raisonnable, et de confiance. Ces deux hommes ne pouvaient pas rester au camp. Le militaire avait l'expérience de la mesure des risques, des décisions difficiles, une adaptabilité à l'imprévu, le goût de l'efficacité. Tout cela, conjugué à son habituation à la mort, à son sens personnel du sacrifice que chacun devait à la Patrie, lui inspirait un moyen très rapide de mettre fin au risque qu'Amschel et Hassan, aux mains de l'ennemi, faisaient courir sur les opérations des Alliés. Il n'eut guère l'occasion de développer son raisonnement, ou de le justifier : l'abbé Jouey s'étouffait en récriminations. Comment, lui, un chrétien, pouvait-il suggérer des choses aussi effroyables ? Avait-il perdu la tête, pour croire que les nécessités de la guerre, aussi juste fût-elle, puissent se substituer au jugement du Père ? La damnation éternelle ne signifiait donc rien pour lui, malgré toutes les atrocités, sous ses yeux, chaque jour ? L'officier se renfrogna, maudissant intérieurement la pusillanimité de l'abbé, comme sa propre naïveté, qui lui avait fait oublier qu'il ne conversait pas avec un pair. Seulement avec un homme, aux intentions louables, mais étranger aux procédés que la lutte pour le bien commun exige parfois. Finalement, devant le visage bouleversé de son ami, il renonça à évoquer davantage l'option qui s'était imposée à lui. Il accorda à l'abbé que l'évasion pouvait également répondre à ses craintes, bien que la tentative fût terriblement risquée, et leur interdît à l'avenir un stratagème qu'il eût souhaité réserver à une situation plus critique. Cependant, il s'agirait de faire sortir les deux hommes, pas seulement le plus jeune. Au pire, si ces hommes étaient découverts, ils seraient fusillés sur place, ce qui n'était pas la pire des issues. Quant aux renseignements qu'ils pouvaient fournir... Il haussa les épaules : l'abbé pourrait tenter de glaner quelques signes d'espoir auprès d'Amschel avant l'opération s'il le souhaitait.

Le lieutenant-colonel et l'abbé revinrent auprès d'Amschel et Hassan, après s'être entretenus un bref moment. Hassan voyait l'abbé tout empressé, et eut la certitude que les deux hommes allaient les aider. Il n'était pas surpris : un religieux d'un côté, un soldat et compatriote de l'autre, leur nature exigeait de se mettre au service d'autrui. L'officier, d'un ton un peu sec, annonça à Hassan et son compagnon qu'ils tenteraient, tous les deux, de quitter le camp ce soir. Il était inutile d'attendre. Chaque jour passé ici les affaiblirait, et il ne comptait pas qu'une quelconque préparation pût leur bénéficier. Il regarda Amschel : « Sprechen Sie Deutsch? » Amschel se contenta d'opiner. Il poursuivit.

« Il y a deux types d'hommes qui sortent librement de ce camp. Les morts, et les nazis. Vous avez l'intention de vivre ?

— Oui, répondit Hassan, moins vivement qu'il l'aurait souhaité.

— À la nuit tombée, peut-être aurez-vous une chance. Vous tenterez de quitter le camp pendant le dernier appel habituel, vers vingt-trois heures trente, quand l'équipe de travail rentre au camp. L'abbé vous donnera des uniformes allemands

soustraits à la lingerie. L'un des uniformes appartient à l'aide du camp du commandant. C'est un uniforme de hauptsturmführer. Vous, vous êtes plus âgé et parlez allemand, vous le porterez. L'autre est un uniforme d'obergrenadier, ce sera pour votre compagnon... qu'il garde ses vêtements en dessous, ça donnera de l'épaisseur. Vous avez compris ?
— Comment on fera la différence entre les uniformes ? » interrogea Hassan. Il regretta immédiatement sa question. Son interlocuteur le considérait avec l'apitoiement qu'on réserve aux simples d'esprit.
« On ne peut pas reprocher aux officiers nazis de dissimuler leur grade. Vous regarderez la patte à l'épaule droite. »
La réponse laissa Hassan pantois. Un coup d'œil vers Amschel, qui ne semblait pas avoir besoin d'explications supplémentaires, le rassura.
« Cinq minutes après le début de l'appel. Vers vingt-trois heures trente. Vous ne croiserez pas d'officiers ou de sous-officiers.
L'hauptsturmführer devant, le soldat légèrement en retrait. Regardez devant vous, ne parlez pas, ne saluez pas, ne rendez même pas les saluts. Marchez d'un pas décidé mais ne courez pas. Vous, le soldat, évitez de vous retrouver dans la lumière. On voit bien que vous venez des colonies.
— Et qu'est-ce qu'on fait, si on nous parle ?
— Prenez l'air agacé, hochez la tête... ça dépend de ce qu'on vous dit. Mais de toute façon, nous n'avons pas de papiers d'identité à vous donner. Que Dieu vous garde. »

Sur ces mots, il tourna les talons, et quitta le Revier.

L'abbé Jouey soupira, avant de se tourner vers Hassan.
« Il est un peu raide, de prime abord. Mais en réalité, c'est un modèle d'adaptabilité. Il est loin d'être insensible ou obtus, vous savez. Et puis, c'est un patriote, il a une passion pour la France. La capitulation, la défaite, la honte, ça lui a fait comme un chagrin d'amour, ça l'a assoupli. » L'abbé n'avait aucune idée de ce dont il parlait, même Hassan le voyait. Il crut pouvoir conclure les réflexions du religieux en abondant :
« Oui, c'est un Français quoi, il est du côté des bons.
— Parce que tu crois que les Allemands sont les méchants ?
— Les soldats qui nous ont amenés ici, ils parlaient pas arabe ou portugais, hein…
— Les nazis. Les nazis sont les ennemis. Pas les Allemands. Allez, quand Hitler et ses suppôts se balanceront au bout d'une corde, il faudra se réconcilier. Ne pas reproduire les erreurs du passé.
— J'ai l'impression que les Allemands, ils vivent plutôt pas trop mal avec les nazis, vous croyez pas ?
— Oui, si on exclut les hommes de Dieu, les syndicalistes, les bibliothécaires, les socialistes, les juifs, les étudiants, les humanistes… Dans le camp où j'étais avant, il y avait des Allemands, des prisonniers politiques. Il y avait un boulanger de Mönchengladbach, arrêté pour incitation à la désobéissance. Un soir, alors qu'il savait qu'il allait être fusillé le lendemain avec neuf autres, il m'a

confié son bien le plus précieux. Pour que je le rende à sa femme, quand je serai libéré. Une lettre de son fils, étudiant et résistant, arrêté et exécuté un an plus tôt à Berlin. Il avait ton âge. Je n'ai pas pu garder la lettre. Mais je l'ai apprise par cœur. Je l'ai apprise en allemand, mais comme tu ne parles pas la langue... je vais essayer de traduire au fur et à mesure... »
L'abbé récita :
« Mes biens chers tous, ma chère petite maman... lorsque vous recevrez cette lettre, je ne serai plus en vie... Je vais être exécuté à quinze heures. L'aumônier de la prison est un brave homme, il pourra vous confirmer que j'accepte mon sort avec calme et résolution... Me voilà au bout du chemin que j'ai souhaité emprunter. Mon choix ne m'a donné comme seule tristesse, que la peine que je vous cause aujourd'hui... Mais il a fallu qu'il en soit ainsi, et je n'ai pas de regret d'avoir cru en l'Allemagne. Rappelez-vous bien que ma mort, celle de Hilde et de Peter, sont des sacrifices, et non des défaites... Tant que vous le pourrez, ne vous résignez pas. Je ne suis pas désespéré, puisque le soleil continue de briller. Je sais que mon esprit continuera de cheminer aux côtés de mes camarades, pour en appeler à la sagesse des hommes et à la clémence de Dieu.
S'il vous plaît, soyez confiants comme je le suis moi-même ! Peu importe que ce jour soit le dernier, pour notre avant-garde. Partout, les peuples aspirent à une aube paisible et sans haine... Les matins qui viennent seront rayonnants et heureux.

Soyez remerciés pour ces vingt années de vie. Votre amour m'a donné le courage de ne pas fermer les yeux et de combattre la tête haute…
Je vous embrasse tous, et je serre dans mes bras ma chère petite maman ! Votre Walter. »

Quelques pauses avaient heurté la récitation de l'abbé Jouey, mais Hassan ne croyait pas que ces hésitations eussent un rapport avec la difficulté de traduire à la volée. Les mots en eux-mêmes, aussi émouvants qu'ils fussent, n'étaient rien, par rapport à l'effet produit sur Hassan par l'interprétation de l'abbé. Il ne se contentait pas de réciter, en vérité. Il embrassait pleinement la douleur et l'espérance de ce jeune homme inconnu, d'un autre pays, d'une autre langue, qui n'avait pas la moitié de son âge, le jour où on lui avait ôté la vie. Ce jeune homme avait *une chère petite maman*, et il souhaitait le bonheur de l'humanité. Voilà ce qui pour le religieux, le définissait plus que toute autre chose, voilà ce qui lui permettait de le rendre vivant à nouveau, pendant une minute et demie, aussi souvent que nécessaire, devant Hassan, devant n'importe qui, à l'exception des fous et des monstres. Les yeux un peu brillants de Jouey, un tressaillement des lèvres, auraient induit en erreur un esprit médiocre. Mais Hassan, lui, mesura toute la grandeur, et toute la puissance, dont faisait preuve l'homme devant lui. L'abbé le dévisagea, et ajouta : « Il m'a donné ça, aussi. C'était à son fils. Je pense que tu en auras davantage l'usage que moi ». Et il déposa un petit briquet, siglé d'un W, dans la main d'Hassan.

L'abbé prit congé, il devait récupérer les uniformes, pour permettre l'évasion d'Amschel et Hassan, le soir-même. Une fois sorti du Revier, il courba sa haute silhouette, comme pour se faire plus discret.

Le docteur Lambert leur fournit de quoi se raser. Impensable d'arborer la moindre pilosité faciale pour le rôle qu'ils avaient à jouer. Pedro insista pour leur couper les cheveux, puisqu'ils avaient la chance de ne pas avoir encore été tondus. Selon lui, deux coupes possibles. Si les côtés étaient rasés pratiquement à blanc, les SS portaient d'ordinaire sous leur casquette, sur le haut de la tête, une longue mèche gominée qui, à les en croire, faisait se pâmer les jungen Damen. Selon que la mèche soit portée d'un côté ou de l'autre du crâne, Pedro avait inventé d'appeler la coiffure des SS, la *linke* et la *rechte*. Cette raillerie bien légère le rendait plus philosophe lorsqu'il passait chez le coiffeur du camp. Hassan se laissa convaincre. Amschel se contenta de faire couper les boucles les plus voyantes de sa chevelure.

À dix-huit heures, deux prisonniers entrèrent au Revier pour livrer des draps propres. Au milieu d'une pile de draps se trouvaient les uniformes allemands promis, fraîchement lavés et repassés. Celui destiné à Amschel lui irait parfaitement. Celui d'Hassan était ridiculement large, et Lambert lui conseilla, outre de garder ses vêtements, de glisser des linges supplémentaires entre ses vêtements et l'uniforme. En attendant le moment propice, les uniformes furent dissimulés sous un matelas. L'attente commença. Hassan jugeait Amschel plus nerveux qu'il ne l'avait été jusqu'alors, plus nerveux qu'au moment où les nazis les avaient chopés, plus nerveux que lorsqu'ils s'étaient retrouvés devant l'espèce de bâtard complètement dingue qui avait kidnappé Saïd.

« Vous avez peur ? C'est pas pire que le reste…

— J'ai peur d'oublier quelque chose. De ne pas faire quelque chose que je devrais faire maintenant que je suis ici, à l'intérieur.

— Ce serait pas un rebeu avec une grande gueule, le truc que vous seriez en train d'oublier ? Non, parce qu'au cas où, je vous rappelle que mon pote est toujours avec l'autre taré… On fait comment, pour Saïd ?

— Tu as entendu les autres… Il n'y a rien qu'on puisse faire.

— Mais vous vous entendez ? Ça fait des années que vous venez ici pour voir vos darons qui sont cramés depuis longtemps, qui ont jamais été ici d'ailleurs, si ça tombe, et mon pote, qui est là, maintenant, vivant, on va le laisser crever ?

— S'il n'appartient pas au camp, alors, le camp va le rejeter... Il pourra s'échapper… Jamais les uniformes ne m'ont vu jusqu'à présent, tu comprends ? Jamais ! Ni eux, ni aucun prisonnier, même quand je m'approchais ! Ton ami Saïd, il arrive, il gueule, il finit sur les genoux du commandant, ça te paraît pas bizarre ?

— C'est pas parce que c'est un branleur qu'il faut le laisser dans la merde ! »

Amschel souffla, parut hésiter, puis confia :
« Écoute, Saïd, je m'en occupe, d'accord ? D'abord, on sort. Et ensuite, je m'en occupe.
— Vous allez vous occuper de Saïd une fois dehors ? Sans déc' ? Vous me prenez vraiment pour une buse ?
— Mais, tu crois avoir quel choix, exactement ? »
Cette dernière question, assénée avec sévérité, mit fin à leur discussion. Les heures suivantes furent silencieuses et maussades.

Ils entendirent les prisonniers sortir des baraquements, les sifflets, les premiers ordres hurlés, et revêtirent les uniformes avec fébrilité. Pedro et le docteur Lambert leur serrèrent la main. Amschel, Hassan sur les talons, sortit du Revier. Il ne put s'empêcher de s'immobiliser un instant pour lancer un regard circulaire sur la place d'appel et les baraquements autour, dans un ultime espoir d'apercevoir un visage, une silhouette familière. Mais la vie d'Hassan dépendait désormais de lui, il ne pouvait se permettre de laisser ses obsessions mettre en échec leur plan. Le plan était déjà assez grossier et dangereux à ses yeux.
Avec conviction, il se dirigea vers l'entrée principale du camp. Il n'avait nul besoin des conseils du lieutenant-colonel français. Il avait suffisamment observé les uniformes pour savoir quelle démarche adopter. Alors qu'Hassan et lui s'approchaient de l'issue, les prisonniers qui travaillaient à l'extérieur du camp s'apprêtaient à rentrer. Les soldats SS avaient ouvert la barrière

extérieure pour laisser passer les camions. Un des soldats, voyant Amschel s'avancer d'un pas pressé, eut une réaction inespérée. Il fit un petit signe à Amschel, que celui-ci ne lui rendit pas, et se précipita en criant vers le premier camion. Avec force moulinets du bras, il enjoignit au chauffeur de reculer d'une dizaine de mètres. Puis, aidé de deux autres soldats, il revint vers Amschel et Hassan, et ouvrit les barrières successives, jusqu'à ce que les deux hommes aient finalement atteint la clôture externe du camp. Ceci fait, après un salut qui ne provoqua guère de réaction chez son supérieur présumé, il invita du geste le chauffeur du camion à pénétrer dans l'enceinte du camp. Le soldat était particulièrement satisfait d'avoir géré avec diligence et déférence la rencontre malencontreuse entre un officier du Reich et un ramassis d'Untermenschen. Son intuition lui disait que son efficacité ne pouvait pas être passée inaperçue aux yeux de l'Hauptsturmführer.

Après une centaine de mètres, Hassan s'autorisa à parler.
« Oh putain. On l'a fait. On est sortis. »
Son compagnon ne répondit pas. Ils cheminèrent encore quelques minutes, jusqu'à distinguer une première langue de brouillard lécher les rails. Amschel s'arrêta brusquement.
« Vous faites quoi, là ?
— Chut… Ne parle pas si fort.
— Mais on est sortis. Et on porte leurs uniformes.
— Parle en allemand alors.

— Je vous apprécie, hein, mais faut pas pousser non plus. Vous faites quoi ?
— Je t'ai dit que j'allais m'occuper de ton ami, tu te souviens ?
— Oui…
— … et il y a quelque chose que je n'ai pas vérifié, toutes ces années… un endroit que je n'ai pas suffisamment regardé. Ne reste pas sur les rails, mets-toi sur le côté…
— Mais…
— Moins fort, Hassan… Il arrive, c'est bon… »

Du brouillard surgissait la silhouette massive et lugubre d'une locomotive. Elle dépassa lentement les deux hommes. Un cortège de wagons noirs et gris suivait. Amschel connaissait bien la composition du convoi. Derrière la locomotive, quelques wagons de passagers accueillaient les militaires allemands. La plupart des wagons cependant étaient complètement scellés, sans fenêtre ni aération. C'est pourtant dans ceux-là que voyageaient les juifs. Ce convoi comportait également des wagons de marchandise, mais il n'était pas certain de la cargaison. Une fois, il avait vu qu'on en déchargeait des caisses en bois, mais n'en avait pas distingué le contenu. Amschel se tourna vers Hassan. Il parlait avec précipitation, en criant presque pour couvrir le bruit du train.
« Mes parents sont peut-être restés dans le train. Ils sont peut-être morts pendant le voyage.
— Mais ils les vident, les wagons, quand ils arrivent au camp !

— Après tout ce que tu as vu ! Tu n'as pas compris qu'il ne faut pas se fier aux apparences ? Je vais regarder ce train de plus près, je ne peux prendre le risque de passer à côté… le train me ramènera au camp, je pourrai m'occuper de ton ami !
— Vous avez un plan ? Je viens avec vous !
— Non ! Il faut que je sache que quelqu'un, de l'autre côté, a vu, tu comprends ? À qui je vais raconter comment j'ai sorti ton ami de là, sinon ? Ne t'éloigne pas des rails avant d'être sorti du brouillard. Retourne à Wickheim ! »

Avant qu'Hassan ait eu le temps de réaliser, Amschel avait sauté sur le marchepied d'un des derniers wagons du convoi.

Hassan marchait le long de la voie, ou plutôt, titubait. Souvent il trébuchait, manquant de tomber, se redressant soudain aux prix d'efforts étonnants, avant la chute imminente il se trouvait un ressort grotesque, une souplesse de pantomime, les heures passées au bout de la ligne (*au bout, vraiment ? mais jusqu'où après le brouillard, ces rails ?*) lui avaient rendu la colonne vertébrale effroyablement élastique et incassable, semblait-il, d'un rail à l'autre, comme un jouet en caoutchouc lancé contre un mur, s'éloignant, se heurtant, ramené encore, puis rejeté.

Hassan savait qu'il traversait le brouillard, mais en réalité il ne parvenait plus à le percevoir, il doutait de sa capacité, désormais, à reconnaître l'absence de brouillard, si jamais il se révélait assez chanceux pour y échapper un jour.

Alors qu'un faux-pas de plus l'avait fait se courber dangereusement au-dessus de la pente du talus, il crut reconnaître une forme familière à quelques mètres de la voie. Sans réfléchir, il parcourut la courte distance, glissant plutôt que marchant, pour se saisir du sac de sport contenant les trésors d'Amschel.

Il l'ouvrit, avec le mince espoir d'y trouver autre chose que ce qu'il contenait les jours précédents : mais c'était le même pêle-mêle de feuillets et de gris-gris. Alors, tout à coup transi de froid, Hassan sortit le briquet que l'abbé Jouey lui avait donné. Les flammes eurent tôt fait d'animer les liasses de papier. Assis près du sac qui brûlait, Hassan se concentra sur les lueurs incandescentes, se promettant qu'une fois les derniers vestiges du bagage consumés, il aurait élaboré un plan pour sauver ses amis, et exalté sa résolution de les secourir. Quelques secondes plus tard, il dormait, un corps pâle et inerte, la tête absurdement posée sur les rails, comme les indiens dans les westerns surveillent le passage imminent du cheval de fer.

À son réveil, il eut un moment de panique, se crut incapable de distinguer de quel côté était le camp, de quel côté était Wickheim. Un bosquet de bouleaux à la silhouette particulière lui fit reprendre confiance, l'aida à se situer. Il savait enfin quelle direction prendre. Machinalement, il poussa du pied les cendres de son foyer improvisé : tout avait brûlé. Est-ce que quelque chose dans le sac aurait pu l'aider à triompher des fantômes, à ramener Amschel et Saïd ? Il regretta son geste. De toute façon, c'était trop tard maintenant, il faudrait faire sans. Comment ? Était-ce même possible ? D'ailleurs, Amschel souhaitait-il revenir ? Pour parcourir la ligne, à nouveau ? Mais dans quel but, désormais ? Était-ce *souhaitable* ?

Il y avait comme un petit serpent doré au milieu des cendres. Hassan se baissa et ramassa la chaînette. Au bout de la chaînette, une minuscule clef se balançait. La boîte en bois comme son contenu étaient détruits, évidemment. Il enserra dans sa paume la clef, tiédie, intacte.

Hassan ferma les yeux.
Il inspira profondément.
Il se demanda ce que ça lui ferait, de voir la chaînette au cou d'Aurélie.

Voir la clef, juste à côté de la petite tâche rose, sur le sein de son amoureuse.